DAS GROSSE BUCH DER ZWERGE

ALLES ÜBER GNOME, HEINZELMÄNNCHEN & CO

Das grosse Buch der Zwerge

Alles über Gnome, Heinzelmännchen & Co

Martin Cornwall

Der Text dieses Buches entspricht den Regeln
der neuen deutschen Rechtschreibung.

Originaltitel: The complete book of the gnome

Modellmacher: John Plowman
Bildredakteur: Kathy Lockley
Studioaufnahmen: Contrast Photography Ltd., Basingstoke;
Paul Forrester, Britannia Studios, London
Übersetzung: Inge Uffelmann
Redaktion: Andrea Schilling
Satz: Raasch & Partner GmbH, Neu-Isenburg

4453 6271
02 01 00 99

Inhalt

EINFÜHRUNG IN DIE NANOLOGIE

NANOLOGIE LEITET SICH VOM GRIECHISCHEN WORT NANOS – ZWERG – AB. Die Geburtsstunde der Zwerge schlug in den viktorianischen Gartenanlagen aristokratischer Kreise, doch dann sind sie Stufe um Stufe auf der sozialen Leiter abgestiegen und landeten zuletzt in den gepflegten, aber unbeachteten Vorstadtgärten der Opfer des englischen Klassensystems.

LINKS
Der typische moderne Gartenzwerg kümmert sich fleißig um den Garten seines stolzen Besitzers

OBEN
Viele Gartenzwerge sind schüchterne Gesellen, die gerne halb verborgen im Garten leben

Wer Gartenzwerge besitzt, liebt sie innig. Manchen gelten sie als Verkörperung der Harmonie mit der Natur, anderen als Glücksbringer, als Ersatz für Kinder oder Haustiere, und sie stehen im Mittelpunkt liebenswürdigen Humors. Verächtern dagegen erscheinen sie als abstoßender Auswuchs des schlechten Geschmacks, bestenfalls als sentimentaler Kitsch.

Ob geliebt oder verachtet, Gartenzwerge sind das Erbe des uralten menschlichen Bedürfnisses, die Welt mit Geistern zu bevölkern, deren Gegenwart manche in Bäumen und Büschen, Höhlen und Gewässern spüren. Solche Geister gelten als Auslöser rätselhafter Ereignisse und unerklärlicher Geräusche, wie etwa das Echo in Höhlen und Bergen, sie sind schuld, wenn Tiere grundlos in Panik geraten oder Dinge verschwinden und genauso plötzlich wieder auftauchen. Alten Geschichten zufolge stehlen sie menschliche Säuglinge und lassen stattdessen einen Wechselbalg in der Wiege zurück, wie der Kuckuck, der sein Ei in fremde Nester legt.

DUNKELHEIT UND LICHT, GUT UND BÖSE

Die Zwergenwesen haben menschliche Gestalt, sind aber winzig klein und verfügen über magische Kräfte. Manche leben in der Nähe der Menschen, im Haus oder irgendwo auf dem

Hof, andere wieder in Feldern, Wäldern, Bergen oder tiefen Höhlen. Meist sind sie den Menschen wohlgesonnen, doch einige sind bösartig und gefährlich, wieder andere sind weder gut noch böse, jedoch unheimlich und unberechenbar – man sollte Zwerge also niemals beleidigen. Sie sind nicht die pausbäckigen, niedlich geflügelten Engelchen barocker Fantasie, sondern erdverbundene Wesen. Man tut gut daran, sie nicht mit ihren wahren Namen zu nennen, sondern höfliche Umschreibungen zu verwenden, wie etwa „kleines Volk".

1831 fand ein schottischer Arbeiter in einer Höhle nahe Uig auf der Isle of Lewis einen Satz von 78 wundervoll geschnitzten Schachfiguren. Er rannte um sein Leben, denn er war überzeugt, über eine Gruppe fest schlafender Wichtel gestolpert zu sein. Seine Frau konnte ihn allerdings überreden, die Figuren zu holen; die meisten stehen heute im British Museum in London.

VORGESCHICHTLICHE WESEN

Über den Ursprung der Zwerge gibt es viele Theorien. Die umstrittenste ist, dass eine kleinwüchsige Pygmäenrasse in Urzeiten versklavt und zur Arbeit in irgendwelchen Bergwerken gezwungen worden sei. Überzeugender ist die von dem schottischen Volkskundler David MacRitchie Ende des letzten Jahrhunderts vorgetragene These, es handele sich um Erinnerungen an eine dunkle Vorzeit, als größer gewachsene Steinzeitmenschen eine kleinere, dunkelhäutigere Spezies bekämpft und in unwirtliche Randgebiete abgedrängt hätten.

Greifbarer sind zwergenhafte Götter und übernatürliche Wesen in der überlieferten Mythologie. Altägyptische Texte erwähnen Zwergengötter, denen der Volksglaube hilfreiche und schützende Eigenschaften nachsagte. Ein sehr beliebter Schutzgott war auch Bes, ein rundbäuchiger, krummbeiniger Zwerg mit fratzenhaftem Gesicht, wildem Bart oder Löwenmähne. Als frivole Gestalt wurde Bes oft mit herausgestreckter Zunge abgebildet, was als ein Mittel zur Abwehr des Bösen galt. Besonders beliebt war Bes als Zier von Bettpfosten und Kopfstützen.

Die Griechen verehrten einen Gott namens Hephaistos, den die Römer später Vulcanus nannten. Als Schmied der Götter verbrachte dieser hinkende, hässliche, von Feuer und Ruß geschwärzte Sohn des Zeus und der Hera viel Zeit in seiner unterirdischen Werkstatt, aus der die Funken sprühten. Wie er sind auch die Zwerge der europäischen Folklore begabte Schmiede. Einer anderen Theorie zufolge geht diese gedankliche Verbindung zwischen Zwergen und Schmiedekunst jedoch auf andere mythische Wesen zurück, die Daktylen nämlich. Daktylos ist das griechische Wort für Finger, und die Finger- oder Däumlinge waren kunstfertige Zwerge, die im kretischen Idagebirge als Erste Eisen gewannen und schmiedeten. Ob man sie jedoch ihrer Geschicklichkeit oder ihrer Größe wegen „Finger" nannte, ist unklar.

OBEN & RECHTS
Einst glaubte man, Zwerge seien unter Tage fleißig und unermüdlich werkelnde Bergleute. Viele Gartenzwerge werden deshalb als Bergmann mit Axt oder Spitzhacke oder anderen typischen Werkzeugen dargestellt

In Stein gefangen

Zwei monumentale, aus dem ersten vorchristlichen Jahrhundert stammende Steinköpfe auf dem Nemrud Dag in der Türkei zeigen den griechischen Göttervater Zeus und den Helden Herakles und beide haben, verwittert wie sie heute dastehen, leicht gnomenhafte Züge. Eine weitere hier anzutreffende, interessante Figur ist der persische Licht- und Sonnengott Mithras, der besonders unter den Soldaten des Römischen Reiches eine große Anhängerschaft hatte. Der Legende nach wurde er in einer Höhle geboren und die geheimen Weihefeiern fanden in unterirdischen Räumen, den Mithräen, statt. Auch Zwerge werden in der Volksmythologie mit Höhlen und unterirdischen Gängen verknüpft und ihre roten Zipfelmützen ähneln der phrygischen Mütze des Mithras: eine weiche, kegelförmige Kopfbedeckung mit nach vorn gelegter stumpfer Spitze. Bei den Römern war diese Mütze als *pilleus libertatis* das Zeichen freigelassener Sklaven. In Erinnerung daran wählten die Jakobiner während der Französischen Revolution diese rote Mütze, die „Bonnet rouge" genannte Jakobinermütze, als ihr Symbol der Freiheit. In der Tat formidable Ursprünge für derart bescheidene Kreaturen wie die Gartenzwerge.

Ganz oben & oben
Die Monumentalköpfe von Nemrud Dag und Mithras haben gnomenhafte Züge

Wir danken...
Autor und Herausgeber danken folgenden Personen, die bei dem Entstehen dieses Buches großzügig geholfen haben: Ann Atkin vom Gnome Reserve; Dr. Brent Elliot, Bibliothekar der Royal Horticultural Society; Alan Quarterman von Gnome World; James Rylands von Sotheby's; Roy Stevens von Limmex Industries und Henry Sutherland vom New Zealand Gnome Committee. Unser besonderer Dank gilt Günter und Jutta Griebel vom Gartenzwergmuseum in Rot am See sowie Alison Layland.

Rechts
Die Ähnlichkeit zwischen diesem Zwerg und den antiken Göttern ist verblüffend

Die Ahnen der Zwerge

Der bescheidene Gartenzwerg stammt aus einem uralten Geschlecht. Die kleinen, rot bemützten Kerlchen, die ihren Schubkarren drücken oder mit der Angelrute am Gartenteich sitzen, sind Abkömmlinge der Zwerge der alten nordischen Mythologie. Sie sind Angehörige des „kleinen Volkes“, an dessen Existenz man praktisch überall in der Welt fest glaubte, wie ihre vielen Namen belegen: Zwerg, Kobold, Elf, Nisse, Imp, Goblin, Troll, Gnom, Tonttu, Domovoi Djèduschka, Skritek, Manó und so weiter.

Heidnische Ursprünge

Trotz aller Spekulationen und Ungewissheiten ist klar, dass unsere Gartenzwerge in direkter Verbindung zu den mündlichen Überlieferungen der heidnischen Völker Nordeuropas, den Skandinaviern, Germanen und Angelsachsen stehen. Einige dieser Überlieferungen hielt der Isländer Snorri Sturluson im 13. Jahrhundert schriftlich fest.

Links
Ein fröhlicher Gartenhelfer mit Schaufel

Oben
Der isländische Barde Snorri Sturluson auf einer nicht zeitgenössischen Abbildung

Der 1179 auf Island geborene Geschichtsschreiber und Politiker Snorri Sturluson war vor allem auch ein berühmter Skalde, ein Dichter. Eines seiner Werke ist die *Snorra Edda*, auch Prosa-Edda genannt, eine Art Kompendium der heidnischen Mythologie. In diesem Werk berichtet Snorri über die Alfar, die Elfen, die in zwei Klassen geteilt sind: in die Schwarzelfen und die Weiß- oder Lichtelfen. Die Lichtelfen wohnen im Reich des Sonnengottes Freir, in Ljosalfaheim. Zusammen mit Muspelheim und Asgard bildet Ljosalfaheim die aus drei Bereichen bestehende oberirdische Welt. Die schwarzen Elfen leben in einem der drei Bereiche der Unterwelt, in Svartalfaheim, und sind den Zwergen gleichzusetzen; zumindest nach Snorris Version der Weltschöpfung. Einst nämlich war der nordischen Mythologie zufolge die Erde der Körper des Urriesen Ymir, der von den Götterbrüdern Odin, Vili und Ve erschlagen wurde. Aus Ymirs Knochen entstanden die Berge, aus seinem Blut die Meere, aus seinem Schädel der Himmel, aus seinem Fleisch aber die Zwerge. Wie Maden ernährten und vermehrten sie sich in den Eingeweiden und die Götter gaben ihnen menschliche Gestalt und Intelligenz, obgleich sie verurteilt waren, unter der Erde in Felsenhöhlen zu leben.

Snorris Unterscheidung zwischen Schwarz- und Weißelfen mag ein wenig schlicht wirken, doch scheint sich darin der doppelte Aspekt dieser Wesen zu spiegeln, denn sie galten einerseits als gut, schön, die Fruchtbarkeit fördernd, auf der anderen Seite aber als böse, düster, mit Verderben, Tod und Grab verknüpft.

ZWERGE UND MAGIE

Snorris Zwerge waren geschickte Handwerker, die den Göttern magische Dinge fertigten. Als der listige und verschlagene Feuergott Loki (auch Loke oder Loge) der Gattin des Donnergottes Thor (auch Donar) – Sonnengöttin Sif – eines Tages die Haare abschnitt, da schmiedeten ihr die Zwerge aus Goldfäden neues Haar, das wie natürliches aussah und wuchs. Für Thor selbst schufen sie den Donnerhammer Mjöllnir, der dem Gott nach jedem Werfen wie ein Bumerang in die Hand zurückkehrte. Für den obersten unter den Asen, für Odin (auch Wotan), schmiedeten die Zwerge den siegverleihenden Speer Gungnir. Loki wettete daraufhin um seinen Kopf mit zwei Meisterschmieden unter den Zwergen, dass sie nichts Besseres als diese Schätze schaffen könnten. Beleidigt machten sie sich an die Arbeit und fertigten Draupnir, einen Armring, der sich in jeder neunten Nacht vermehrte, indem er acht neue Ringe hervorbrachte, sodass ein unerschöpflicher Schatz entstand. Als die Zeit für Loki kam, die Wette einzulösen, zeigte sich, was für ein gerissener Bursche er war. Er hatte seinen Kopf verwettet, doch die Bedingungen so formuliert, dass es den Zwergen nicht erlaubt war, seinen Hals zu durchtrennen – so behielt er seinen Kopf.

In einer anderen Episode berichtet Snorri, wie Loki dem Zwerg Andwari dessen unermesslichen Schatz abschwatzte, zu dem der magische Ring Andwaranaut gehörte. Den Ring, mit dem Andwari sich wieder einen neuen Schatz hätte schaffen können, hatte der Zwerg zurückgehalten, Loki aber entwendete ihn. Da Andwari den Ring zuvor verflucht hatte, brachte er jedem neuen Besitzer tödliches Unheil. Der Ring, der später zum Nibelungenhort gehörte, spielt in Richard Wagners (1813–1883) Opernzyklus *Der Ring des Nibelungen* eine zentrale Rolle.

OBEN
Eines der vielen den Zwergen gewidmeten englischen Gedichte

OBEN
Der Donnergott Thor, dessen Frau der Feuergott Loki die Haare abschnitt

Zwergenwissen
Das Wort Zwerg ist ein gemeingermanisches Wort, das in ähnlichen Lautungen in verschiedenen Sprachen vorkommt. Althochdeutsch hieß es twerc, englisch dwarf, schwedisch dvarg, dänisch dverg. Die genaue Herkunft und ursprüngliche Bedeutung des Wortes ist allerdings unbestimmt.

MYTHEN UND LEGENDEN

Die heidnischen Angelsachsen, die vom Festland kommend ab der Mitte des 5. Jahrhunderts die britischen Inseln besiedelten, brachten ihren Glauben an das kleine Volk mit. Sie wussten von Berg- und Feld-, Wald- und Wasserelfen. Diese Vorstellungen passten zu denen der keltischen Stämme, die von den Angelsachsen im Laufe der Jahrhunderte immer weiter verdrängt wurden. Auch die normannischen Siedler, die später Teile Englands und Schottlands einnahmen und sich in Irland niederließen, brachten ganz ähnliche vorchristliche Vorstellungen mit.

Die heidnischen Glaubensvorstellungen überlebten das eindringende Christentum und vermischten sich mit ihm. Gerald von Wales, ein normannischer Kleriker des 12. Jahrhunderts, berichtete die Geschichte von einem Jungen namens Elidor, der von zwei Zwergen durch einen Tunnel in eine fantastische unterirdische, goldreiche Landschaft ohne Sonne oder Mond entführt worden war. Der König und dessen Hof empfingen ihn freund-

OBEN
Ein Trollkönig auf seinem Thron im Freizeitpark Efteling in Holland

RECHTS
Dieser grinsende Zwerg erinnert mit seinen Bocksbeinen an einen Satyr

lich, sie zeigten ihm die Zwergenwelt, in der auch Pferde und Hunde zwergenhaft klein waren. Da die Zwerge aber abfällig über die Laster der Menschen sprachen, fühlte sich Elidor berechtigt, von ihrem Gold zu stehlen. Er musste zur Erde zurückkehren, und es war ihm unmöglich, den Eingang zum Feenland wiederzufinden.

Auch ein anderer englischer Autor jener Zeit, Walter Map, berichtet von einem Zwergenkönig eines unterirdischen Reichs. Dieser König hatte einen großen Kopf und einen langen roten Bart, ritt auf einer Ziege und war in ein geflecktes Bocksfell gehüllt. Wie ein Satyr der griechischen und romanischen Mythologie hatte er behaarte Bocksbeine. Sein Thronsaal, in dem er seine menschlichen Gäste reich bewirtete, war durch funkelnde Edelsteine beleuchtet. Man aß von Geschirr aus Gold und Kristall. Wenn die Gäste auf die Erde zurückkehrten, bemerkten sie zu ihrem Entsetzen, dass inzwischen 200 Jahre vergangen waren. Niemand kannte sie mehr, denn alle ihre irdischen Freunde waren gestorben und selbst die Sprache der inzwischen in ihrer alten Heimat lebenden Menschen konnten sie nicht mehr verstehen. Diese Geschichte ist ein frühes Beispiel für den Glauben, dass auch die Zeit im Zwergenland eigenen Gesetzen folgt.

Verborgene Schätze

Auch im mittelalterlichen Deutschland liebte man Geschichten von Zwergen und Drachen. In den Bergen lebende Zwerge dachte man sich als Schmiede mit übernatürlichen Fähigkeiten, von Königen regiert, die über unerschöpfliche Schätze verfügten. Ein Beispiel sind die aus dem 12. und 13. Jahrhundert stammenden märchenhaften Epen, in deren Mittelpunkt der heldenhafte Dietrich von Bern steht, der Zwerge (darunter den Zwergenkönig Laurin), Riesen und Drachen besiegen muss. Historisch verbirgt sich hinter dieser Legendenfigur der Gotenkönig Theoderich (um 455–526), doch in den von exotischen Figuren wimmelnden Heldenepen ist diese geschichtliche Persönlichkeit natürlich kaum mehr spürbar.

Das berühmte *Nibelungenlied,* in dem Dietrich von Bern am Hof von König Etzel auftaucht, gehört ebenfalls zu den Heldendichtungen jener Zeit. Es basiert auf Legenden, die sich bereits bei Snorri und in anderen nordischen Quellen finden, und berichtet unter anderem von Siegfried. Dieser hat das Zwergengeschlecht der Nibelungen überwunden und dem Zwerg Alberich den Schatz (Nibelungenhort genannt) sowie die unsichtbar machende Tarnkappe entwendet. Alberich hasst Siegfried dafür und schmiedet Rachepläne gegen ihn.

Einer späteren Überlieferung zufolge, die unter dem Titel *Der gehörnte Siegfried* als Volkssage bekannt ist, erklärt der reiche Zwergenkönig Egwald dem jungen Recken, dass er mit seinem Hofstaat in Angst vor dem bösen Riesen Wolfgrambär lebe. Dieser halte zusammen mit einem Drachen die schöne Jungfrau Florigunde gefangen und bedrohe die Zwerge sowie deren Schatz. Siegfried besiegt sowohl den Riesen als auch den Drachen, erlöst so die Zwerge und heiratet Florigunde. Leider wird er von seinem Schwager Hagenwald acht Jahre später meuchlings ermordet. In all diesen Geschichten ist die Rede von Zwergen, die in der Tiefe der Berge fantastische Schätze versteckt halten.

Links
Ein unterirdischer Schmied bei der Arbeit an einer magischen Waffe

Oben
Wotan und Loge überlisten den Zwergenkönig Alberich

Hilfe oder Hindernis?

Bis in die Neuzeit hinein hielten sich in Europa mit Zwergen verknüpfte abergläubische Vorstellungen. In Norwegen, wo man die Wichte Tomte oder Nisse nennt, galten sie als hilfreiche, aber auch als anspruchsvolle Geister. Die etwa kindgroßen Wesen kleideten sich in graue oder braune Wämser und trugen spitze oder mit Quasten besetzte rote oder graue Mützen und schwere Holzschuhe (Clogs). Sie waren außerordentlich stark, liebten Pferde und Vieh, das sie zu hüten halfen. Aber sie waren auch kleine, immer zu Streichen aufgelegte Racker, die die Kühe losmachten, das Heu herumwarfen oder die Milchmagd neckten. Um die Wichte bei Laune zu halten, stellte man ihnen donnerstags und am Weihnachtsabend süßen Haferbrei, Kekse und Bier hin.

Das Familienglück lag in den Händen der Nissen und wenn sie aus irgendeinem Grund verschwanden, konnten sie das Glück mitnehmen. Wollte man die kleinen Kerle allerdings loswerden, ging dies nicht so leicht. Eine dänische Geschichte handelt von einem Mann, der den Schabernack seines Nissen so leid war, dass er umziehen wollte. Als er all seine Sachen auf einen Karren gepackt hatte, da sah er den Nissen hoch oben auf dem Gepäck hocken und mit lauter Stimme fröhlich rufen: „Heia, heute ziehen wir um!“ Dieselbe Geschichte erzählt man auch in anderen Teilen Europas.

Zwergenwissen
Dem deutschen Wörterbuch von Jacob und Wilhelm Grimm ist zu entnehmen, dass der alte Begriff alb sowohl einen guten Genius als auch einen bösen Dämon bezeichnet, während *alp* nur für den Dämon steht. Woher die Verwirrung? Alb, so steht zu lesen, ist mit dem altnordischen *alfr* verwandt, aus dem sich elbe, dann *elfen* entwickelte, unter denen man gute Lichtgeister verstand. Die althochdeutsche Wortform *alp* hat sich dagegen nur für den *incubus*, den feindlichen Nachtgeist, erhalten, dem wir die Alpträume und das Alpdrücken zu verdanken haben.

Rechts
Ein schwedischer Tomte teilt sein Essen mit einem Schwein

OBEN
Ein bisschen misstrauisch genießt der norwegische Nisse sein Weihnachtsmahl

LINKS
Nach einer schottischen Ballade weckt ein Goblin Burd Isabel aus dem Schlaf auf

UNTEN
Mit dem rechten Gerät ausgestattet, sind die Heinzelmännchen immer bereit, zur Hand zu gehen

Auch ein Schotte namens Callum wollte seinem Bauchan, seinem Hausgeist, entkommen und wanderte nach Amerika aus. Doch kaum hatte er sich auf seinem Hof in der Neuen Welt eingerichtet, da begrüßte ihn die bekannte Stimme seines Bauchan in der Verkleidung einer Ziege: „Ha, ha, Callum. Ich war vor dir da!“

In Mittel- und Nordengland sowie in Schottland nennt man die Wichte Brownies. Man beschrieb sie als 90 cm große Männchen, die braune, zerlumpte Kleider trugen – daher der Name. Bei Nacht kamen sie aus ihren Verstecken und vollendeten jede unerledigte Arbeit im Haus oder Stall. Allerdings konnten sie Faulheit oder Unordnung nicht ausstehen: faule Menschen wurden durch ordentliches Zwicken bestraft. So manche Magd konnte auf diese Weise der Bäuerin kleine Knutschflecken erklären, deren wahre Herkunft sie nicht gern offenbart hätte.

Die besonnene Hausfrau stellte den Brownies Honigkuchen und eine Schale mit Sahne hin – heimlich, denn man durfte die kleinen Helfer weder beobachten noch ihnen offen seinen Dank zeigen; das empfanden sie als Beleidigung. Brownies halfen den Menschen aber nicht nur, oft waren sie kleine Schlingel, die es liebten, Hausschlüssel irgendwo zu verstecken.

Besonders gern saßen Brownies aus Herfordshire über dem offenen Kaminfeuer. In einem Gasthaus in den Blackdown Hills in Somerset, dem Holman Clavel Inn, pflegte ein Brownie namens Charlie gemütlich auf dem Balken über der Feuerstelle zu hocken. Noch bis in die 60er Jahre hinein erinnerten die Leute sich seiner mit Zuneigung.

Zwergenwissen
Auch im deutschsprachigen Raum haben Zwerge viele Namen, hier eine Auswahl: Aunken, Bergmandel, Butzemännle, Dengelmännle, Erdmännle, Fegemännlein, Gnom, Graumännchen, Grünkäppel, Heiling, Heinzelmännchen, Kasermandel, Klabauter, Kobold, Lutken, Mopperle, Nachtvolk, Nörggele, Ofenmännlein, Pieperling, Quergel, Rotkittelchen, Schachtmandel, Schrat, Selkensteert, Toggeli, Ulken, Wichtel, Zwargel.

Unten
Dieses freundliche Kerlchen heißt Touristen willkommen, die das Städtchen Padstow in Cornwall besuchen kommen

Oben
Diese schwedischen Kerlchen sind leuchtende Beispiele für die Tierliebe der Zwerge

Was die Namen verraten

Wie in anderen Ländern, so hatte man auch in England je nach Region für die kleinen Helfer verschiedene Namen. In Lancashire beispielsweise hießen sie *Boggarts* und man dachte sie sich als 50 cm große Wesen mit runzligen Gesichtern, dünnem Hals, unverschämtem Grinsen, dickem Bauch und spindeldürren Armen und Beinen. In Wales nannte man ganz ähnliche Wesen *Bwca*. Ein in Monmouthshire beheimateter Bwca pflegte dort einer Magd zur Hand zu gehen und sie stellte ihm dafür regelmäßig zur Nacht Brot und Sahne hin. Einmal aber leerte sie ihren Nachttopf in seine Sahne. Da griff er sie am nächsten Morgen wütend an, schlug und trat sie, bis sie um Hilfe schrie. Der Bwca aber ward nie wieder gesehen. Auf der Isle of Man dachte man sich die Wichte, die *Fenodoree* hießen, als relativ groß, hässlich, behaart, dumm und enorm stark. Einmal trat einer in die Werkstatt eines Schmiedes und wollte ihm die Hand schütteln, der Schmied aber griff geistesgegenwärtig nach einem Pflugmesser. Der Fenodoree ergriff es, wie man eine Hand zum

Schütteln packt, drückte so fest zu, dass sich das Eisen verbog, und sagte dann zufrieden: „Es gibt doch noch starke Männer auf der Welt."

TRIUMPHALE PIXIES

Die in Südwestengland lebenden Wesen nannte man *Pixies* oder *Pigsies*, in Cornwall dagegen *Piskies*. Ihr Territorium lag westlich des Parrett in Somerset. Einer Legende zufolge hatten die Pixies eine Schlacht gegen die Feen gewonnen und sie über den Fluss getrieben. So ist es kein Zufall, dass in dieser Gegend der Gartenzwerg oft ein Garten-Pixy ist und sich hier auch die meisten der Zwergenattraktionen für Touristen befinden.

Pixies waren den Menschen behilflich, aber sie machten auch viel Unsinn; besonders gern führten sie Reisende und Wanderer in die Irre. Nachts tanzten sie mit Vorliebe wild im Kreis herum oder sie ritten auf einem Pferd, wobei 20 von ihnen auf einem Pferderücken Platz hatten. Noch im 19. Jahrhundert war man in Dartmoor überzeugt, sie träfen sich nachts zu rauschenden Festen bei New Bridge am Dart River und wohnten in einer Höhle bei Sheepston in Devon; dort stellte man die Gaben für sie ab. Der Glaube an die Pixies erklärt auch eine Besonderheit der lokalen Architektur – oft nämlich findet man Häuser mit einem Loch in der Außenwand. Es diente den Pixies als Ein- und Ausgang. Die Hausfrauen stellten den hilfreichen Pixies nachts eine Schale Wasser hin und legten manchmal als besonderen Dank eine Münze hinein.

Wie die Brownies wählten sich die Pixies oft ein bestimmtes Haus, in dem sie sich nützlich machten. Es gibt die Geschichte von einem Bauern in Somerset, dessen Pixies ihm das Korn droschen. Eines Tages beobachtete seine Frau sie durch ein Astloch im Scheunentor.

LINKS
Ein verärgerter Brownie lässt seinem Zorn freien Lauf

UNTEN
Einer der fleißigen Zwergenbergleute, die im Gnomeland in Devon zu bewundern sind

Als sie sah, wie die Kerlchen nackt und frierend ihre Arbeit erledigten, bekam sie Mitleid, nähte ihnen Kleider und legte sie auf der Tenne für sie ab. Gut gemeint, verfehlte die Tat jedoch ihre Wirkung; die beleidigten Pixies kamen nämlich nie wieder. Ein andermal kamen Pixies zu einem Bauern aufs Feld und baten ihn um seine Pferde. Sie wollten wegziehen, weil das Geläut der neuen Kirchenglocken sie störte. Der freundliche Bauer lieh ihnen seine alten Mähren. Als er sie zurückbekam, waren es wieder junge Stuten.

1890 berichtete eine Lokalzeitung von einer Gruppe von Waldarbeitern, die nahe Torrington im nördlichen Devon gearbeitet hatten. Als einer der Arbeiter sich etwas abseits nach einem Werkzeug bückte, konnte er sich nicht wieder aufrichten. Er hörte ein schadenfrohes Gelächter und merkte, dass er von Pixies verhext worden war. Auf allen vieren kroch er davon, doch da er alle Orientierung verloren hatte, stürzte er in einen Fluss. Als er endlich nach Hause fand, schalt ihn seine Frau einen großen Dummkopf. Er hätte bloß seine Taschen nach außen stülpen müssen, jedermann wisse doch, dass das das Mittel gegen Pixiezauber sei!

RECHTS
„Gnome kommen aus dem Wald", eine Illustration aus dem englischen Book of Fairy Poetry von Warwick Goble

1961 irrte eine Frau in einem Wald bei Budleigh Salterton in Devon hilflos umher, bis sie zufällig jemand fand. Später konnte sie nicht verstehen, wie sie den Weg, der doch klar vor ihren Augen lag, hatte verpassen können, aber man sagte ihr, schon viele andere seien in diesem Wald von Pixies irregeleitet worden.

Zwergenwissen
In Devon glauben viele Leute, dass Wanderer, die sich im Wald verlaufen, von *Pixies* irregeführt wurden – ein englischer Slangausdruck für betrunken lautet *pixillated!*

ZWERGE UND WECHSELBÄLGE

Der Glaube, dass Zwerge den Wöchnerinnen anstelle des neugeborenen Säuglings ein missgestaltetes, meist wasserköpfiges eigenes Kind unterschoben, ist uralt und war in ganz Europa verbreitet. In Deutschland nannte man solche Kinder Wechselbalg, aber auch Wechseling, Wechselbutt, Wechselkind und Kielkropf. Besonders die letzte Bezeichnung, die sich unter anderem auch bei Luther findet, ist in ihrer Herkunft nicht geklärt, doch kommt in der Edda (ein mythologisches Lehrbuch, das 1230 von Snorri Sturluson verfasst wurde) der Zwergenname Kili vor. Möglicherweise gibt es von daher einen Zusammenhang.

In den Tischreden heißt es bei Luther: „Wechselbelge und kielkröpfe legt der satan an der rechten kinder statt“, doch die ursprüngliche und auch im Volksglauben erhaltene Vorstellung drückt eines der von den Brüdern Grimm gesammelten „Drei Märchen von den Wichtelmännern“ aus, das so beginnt: „Einer Mutter war ihr Kind von den Wichtelmännern aus der Wiege geholt und ein Wechselbalg mit dickem Kopf und starren Augen hineingelegt, der nichts als essen und trinken wollte.“

In einer etwas älteren, „Historia von einem Wechselbalg“ überschriebenen Schrift hieß es: „… dasselbige kind, wie es etwan zwölffjährig, that es nichts dann dasz es frasz … griff man es an, so greint es wie ein saw.“

Recht wunderliche Mittel konnten helfen, die Zwerge zu veranlassen, ihren Balg zurückzuholen, etwa, wenn man Wasser in Eierschalen über Feuer kochte oder das Wechselkind zum Lachen brachte. Drastischer und angeblich wirkungsvoller war es freilich, das arme Wechselkind recht gründlich mit Ruten durchzuprügeln.

Warum aber sollten die Zwerge überhaupt ihre Kinder einer Menschenmutter unterschieben? Luther weiß, dass solche Kinder seelenlos sind, „nur ein stück fleisch, eine massa carnis da kein seel innen ist“, durch die menschliche Muttermilch aber sollten sie eine Seele erhalten.

BÖSARTIGE ZWERGE

Nicht nur das Unterschieben von Kindern wurde Zwergen nachgesagt. In Wales glaubte man an sehr böse weibliche Berggeister, *Gwyllion* genannt, die sich in Ziegen verwandelten und Wanderer so in die Irre führten, dass sie abstürzten. Und in Nordengland gab es Duergars genannte schwarze Zwerge, die einsam und still lebten und Menschen gegenüber von eisiger Feindseligkeit waren. Wehe dem, der ihnen über den Weg lief!

Die rot bemützten *Kabouter* oder *Kabotermannekin* der Holländer waren hingegen – wie Brownies, Heinzelmännchen und Nissen – eher freundliche und hilfreiche Hausgeister. Auch die Schweizer Zwerge sollen besonders hilfreich bei der Suche nach Vieh gewesen sein, das sich auf der Alm verlaufen hatte. Der 1494 in Glauchau geborene Georgius Agricola, der als der Begründer der wissenschaftlichen Mineralogie gilt, schrieb ein umfangreiches in Lateinisch verfasstes Werk über das Berg- und Hüttenwesen, in dem er auch von zwei Arten von Geistern berichtet, die sich in manchen Gruben aufhalten. Die einen böten einen wilden, Schrecken erregenden Anblick und seien den Bergleuten unfreundlich und feindlich gesinnt. Doch gäbe es auch gute Geister, die von manchen Kobolde genannt würden, weil sie Menschen nachahmten. Unter viel fröhlichem Gekicher täten sie so, als ob sie Dinge verrichteten, tatsächlich aber führten sie nichts aus. Die greisenhaft aussehenden Kobolde seien etwa drei Spannen lang.

OBEN
Arthur Rackhams schelmische Kobolde treiben Unsinn in Kensington Gardens

Das Wort Kobold ist, wie die Brüder Grimm meinen, mit dem Wort Kobalt (blaues Erz) verwandt, wenn nicht gar identisch: „Kobold und Kobalt ist nämlich ursprünglich ein Wort. Das Erz hat beim Bergmann seinen Namen von dem gespenstischen Bergmännchen erhalten, der das Silber raube und das schlechte Erz, wie böses Wetter und anderes Unheil sende.“ Man sieht, die Meinungen, ob Kobolde nun gutmütige oder doch eher boshafte Gesellen seien, gingen auseinander. In jedem Fall aber schienen sie

LINKS
Ein deutscher Gartenzwerg leuchtet mit seiner Laterne Bergleuten den Weg

Oben & links
Schwer zu glauben, dass derart dumme und hässliche Gestalten wie diese nordischen Trolle die Kathedrale von Trondheim erbaut haben sollen

über eine ganz eigene Moral zu verfügen. So erzählt man die Geschichte von dem armen Bauern, der einen enorm großen Buckel hatte. Eines Tages, als er vom Feld heimging, trat ihm ein Kobold entgegen und sagte: „Du hast einen Wunsch frei, wünsche dir, was du willst, Gut oder Geld, es sei dein." Der Bauer überlegte nicht lang und antwortete: „Gut oder Geld will ich nicht, doch wenn ich meinen Buckel los wär …". Er hatte noch nicht zu Ende gesprochen, da war der Buckel schon verschwunden. Unterwegs traf der Bauer seinen Nachbarn, dem er die ganze Geschichte erzählte. Flugs lief dieser zu der Stelle, traf dort den Kobold und bekam dasselbe Angebot gemacht. Nun wollte der Nachbar seine Gier nach Geld nicht so direkt zugeben und sagte drum: „Ich möchte gern, was mein Nachbar nicht wollte!" Und schwupps hatte er einen gewaltigen Buckel!

Ein Riese wird zum Zwerg

Die skandinavischen Trolle erschienen in der nordischen Mythologie ursprünglich als riesige, potthässliche, strohdumme, brutale Wesen von enormer Körperkraft. Der später heilig gesprochene norwegische König Olaf II. (995–1029), der sich sehr um die Verbreitung des Christentums in seinem Lande bemühte und um den sich ein reicher Sagenkreis rankt, soll die Trolle mit einem Trick dazu gebracht haben, für ihn die berühmteste Kirche Norwegens zu bauen, den Nidarosdom von Trondheim. (Freilich handelte es sich zu Olafs Zeiten um eine schlichte Holzkirche.)

Der Volksglaube gab den Trollen verschiedene Erscheinungsformen. Manche hielten sie für groß wie Berge mit nur einem Auge wie ein Zyklop, andere meinten, sie hätten drei Köpfe und einen unstillbaren Appetit auf Menschenfleisch. Andere waren der Überlieferung zufolge ganz verrückt nach Königstöchtern und in den mittelalterlichen Balladen ist immer wieder die Rede von Trollen, die schöne Prinzessinnen entführt haben. Die Ritter sind zu feige, die Prinzessin zu retten, doch meist findet sich ein junger, unscheinbarer Knappe, der die Königstochter erlöst und sie zum Dank natürlich heiraten darf.

Anderen Legenden zufolge schrumpften die Trolle auf Zwergengröße. Noch immer unsäglich hässlich und dumm, dabei böse und gefährlich, bewohnten sie Hügel, Felsen und Höhlen. Einer dänischen Geschichte zufolge fielen die

Gnome zuhauf in einer bestimmten Gegend ein. Nur das gleichzeitige Läuten aller Kirchenglocken konnte sie vertreiben.

Auf den Shetland- und den Orkneyinseln wurden aus den Trollen die Trows; kleine, unterirdisch lebende Kreaturen, die immer wenn sie einen Menschen sahen, rückwärts gingen. Da es Unglück bedeutete, einem Trow zu begegnen, fürchtete man sie allgemein; doch es soll auch vorgekommen sein, dass sie Familien unter ihren besonderen Schutz nahmen. Sie kleideten sich grün und spielten gern auf der Fiedel.

Abstieg in die Unterwelt

Die Bergwerksgeister der walisischen Tradition wurden *Coblynau* genannt. Man dachte sie sich etwa 45 Zentimeter groß und unglaublich häßlich. Angeblich bewarfen sie die menschlichen Bergleute mit kleinen Steinen, um sie zu ärgern, doch im großen und ganzen galten sie als nett und freundlich, und die Klopfgeräusche, die sie machten, führten die Bergmänner zu reichen Flözen. Auch die Bergleute aus dem Nordosten Englands und aus der Gegend um Newcastle berichteten um 1770 ähnliche Geschichten. In den Zinnminen nannte man die dort heimischen Geister *Knockers* (Klopfer), *Nuggies*, *Nickers*, *Buccas* oder *Gathorns*. Man beschrieb sie als winzige alte Männer mit großen Köpfen und ungeschickten Armen und Beinen. Man sah sie selten, hörte aber, wie sie ihrer eigenen Bergbautätigkeit nachgingen. Der Glaube, dass sie für die merkwürdig flackernden Lichterscheinungen unter Tage zuständig seien, war weit verbreitet. Mit diesem tatsächlich von unterirdischen Gasen verursachtem Grubenlicht zeigten sie den Bergleuten angeblich reiche Erzvorkommen an.

Auch diese Zwerggeister wurden allgemein für wohlwollend und freundlich gehalten, doch sie konnten auch hinterhältig und verschlagen sein und einen Bergmann heimlich mit Steinen bewerfen, wenn dieser nicht an sie glauben wollte oder sich sonstwie respektlos benahm. Niemals durfte man die kleinen Männer durch Fluchen oder Schwören ärgern, vor allem aber durfte man in ihrer Gegenwart niemals ein Kreuzzeichen machen oder ein Kreuz sichtbar bei sich tragen. Das konnten sie beileibe nicht ausstehen. Das berühmte Feenvolk Irlands, *Side* genannt, was man „schie" ausspricht, lebte in vorgeschichtlichen Grabhügeln. Normalerweise unsichtbar, konnten Sterbliche sie am Abend der Mittsommernacht sehen, und natürlich solche Menschen, die den sogenannten sechsten Sinn haben. Irische Hausgeister, die im Haus und Stall mit anpackten, wurden *Pookas* oder *Phookas* genannt, während der rotnasige, trunksüchtige *Cluricaune* natürlich im Weinkeller hauste und dort dreisten Hausangestellten Schrecken einjagte, wenn sie Wein stibitzen wollten. Er trug eine rote Nachtmütze und eine lederne Küferschürze. *Leprechauns* hingegen waren allein lebende kleine Elfenschuhmacher, die gemeinhin immer nur einen Schuh herstellten und als fröhliche, runzlige, bebrillte Männchen beschrieben wurden, die eine

Links
Ein fein gekleideter irischer Leprechaun mit rotem Dreispitz ruht sich bei einem Krug Bier von der Arbeit aus

Oben
Dieser Leprechaun, der so vergnügt seine Konzertina spielt, wird meist in Begleitung seiner zwei Freunde gesehen, einem Geiger und einem Mandolinenspieler

Das kleine Volk

Typische Züge & feine Unterschiede

Paracelsus nannte die Erdgeister unter anderem „pygmaei" und „gnomen" und er wusste auch genau, wie sie aussehen. Die „Gnomes" sagte er, hätten zwar Verstand, aber keine Seele und seien deshalb zu einer geistigen Entwicklung nicht fähig. Zwei Fuß seien sie groß, könnten sich aber nach Belieben größer machen. An ihr Element Erde angepasst, könnten sie atmen und sehen und sich so geschwind bewegen wie Fische im Wasser. Gnome hätten Körper aus Fleisch und Blut, sprächen und argumentierten, äßen und schliefen, zeugten und stürben. Manchmal fassten sie Vertrauen zu einem Menschen und dienten ihm, gemeinhin aber seien sie dem Menschen feindlich gesinnt.

Unten
Merkwürdige Felsformationen hielt man oft für zu Stein erstarrte Trolle, doch dieser Kerl scheint eher ein Pixie zu sein

In vielen skandinavischen Mythen kommen Zwerge vor, die geschickte Handwerker sind, aber auch gefährliche Bannflüche ausstoßen können. Sie leben unter der Erde in Höhlen, denn wenn ein Sonnenstrahl sie trifft, so werden sie in Stein verwandelt.

Pixies dachte man sich rothaarig, mit spitzen Ohren, Stupsnase, zusammengekniffenen Augen und immer grün gekleidet. Feen passen sich in Kleidung und Sprache ihrer Umgebung an. Sie leben viel länger als Menschen und sind gegen Krankheit immun. Im Laufe der Zeit werden sie immer weniger, bis sie vollkommen vergehen.

Links
Trolle fürchteten den Donner, das Kreuzzeichen und Glockenläuten – also den Heidengott Thor und das Christentum

Unten & rechts
Leprechauns kannten Verstecke von Schätzen und theoretisch konnte man sie zwingen, ihr Wissen preiszugeben. Doch schlauer als Menschen, entwischten sie ihnen meist oder lenkten sie durch Musik ab

Unten
Noch im 11. Jh. brachte man in Skandinavien den Elfen regelmäßig Opfergaben, denn dem Volksglauben nach standen sie mit den Toten in ihren Gräbern in Verbindung. In Schweden füllt man tassenförmige Felsauswaschungen noch heute mit Milch als schlichte Gabe an die Elfen

Unten
Gartenzwerge gibt es heute in allen Formen und Größen – und alle sind sie fröhliche Kerlchen

erdmännlein, zwerge, schrötlein, wichtele und anderen. So heißt es einmal: „Der naturgeister wohnung seind viererley, das ist nach den vier elementen … die im wasser seind nymphen, die im lufft seind sylphen, die in der erden seind pygmaei, die im feuer seind salamandrae“, ein andermal: „im wasser die nymphen, in der erden die gnomi, im lufft die lemures, im himmel die penates.“

Bald war der Begriff Gnom Lehnwort in anderen europäischen Sprachen, und als im 18. Jahrhundert die Dichtung die Naturgeister entdeckte, da taucht das Wort Gnom mit seiner lautmalerischen Qualität auch bei Dichtern wie Goethe, E.T.A. Hoffmann und anderen auf.

rote oder grüne Jacke mit großen, glänzenden Knöpfen trugen, dazu Kniehosen und eine rote oder grüne Zipfelmütze. Allerdings gab es auch solche, die einen Dreispitz bevorzugten.

AUFTRITT DES GNOMS

Im Volk war die Vorstellung von einer Vielzahl kleiner Wesen längst fest verankert, als ein aus der Schweiz stammender Mann mit dem tönenden Namen Philippus Aureolus Theophrastus Bombastus von Hohenheim (1493–1541), der sich selbst Paracelsus nannte, eine Abhandlung über die Elementargeister verfasste, in der erstmals im deutschsprachigen Raum die Begriffe Gnom und Sylphe auftauchten. Der berühmte Arzt und Naturforscher, der in die Folklore als der Doktor Eisenbart eingegangen ist, war nicht der Schöpfer dieser Begriffe. Wo sie tatsächlich herstammen, ist bis heute unklar, doch immerhin hat Paracelsus den Gnom in den deutschen Sprachschatz eingeführt. Er hat Gnome eigentlich immer dem Element Erde zugeordnet; von einigen verwirrenden Stellen in seinen Schriften abgesehen, wo er den Gnom der Luft zuordnet. „Die mutter gnomorum ist in elemento terrae“, stellte Paracelsus in der damals üblichen deutsch-lateinischen Mischsprache fest. Auch gebrauchte Paracelsus den Ausdruck Gnom synonym mit den Begriffen pygmaei, mani, lemures, montani, zonetti, bergmännlein,

OBEN LINKS
Bei Sneem in der irischen Grafschaft Kerry befindet sich der rätselhafte Ring of Kerry; ins Innere fallende Lichtstrahlen zeigen den Pfad, den die Feen nahmen

LINKS
Paracelsus: er nannte sich so, weil er sich als gleichwertig neben dem römischen Arzt Celsus sah

Zwerge in der Volksliteratur

Da kamen bei Nacht,
Eh' man's gedacht,
Die Männlein und schwärmten,
Und klappten und lärmten,
Und rupften und zupften,
Und hüpften und trabten,
Und putzten und schabten,
Und eh ein Faulpelz noch
erwacht,
War all sein Tagewerk
bereits gemacht.

August Kopisch
Die Heinzelmännchen

MACHT ES EUCH RECHT BEQUEM …

BIS ZUR MITTE DES 18. JAHRHUNDERTS WAREN DIE GNOME und die anderen Elementargeister aus dem realen Weltbild der gebildeten Stadtmenschen verschwunden. Nur im mündlich tradierten Volksglauben und in der gehobenen Literatur überlebten sie. Die langsam sich entwickelnden Naturwissenschaften verdrängten den Glauben an das kleine Volk. In der Geisteswissenschaft hingegen erwachte Interesse für die alten Überlieferungen, die nun mit viel Geduld und Fleiß gesammelt wurden.

OBEN
Die Lorelei auf ihrem Felsen am Rhein

RECHTS
Märchenstunde mit den Brüdern Jacob und Wilhelm Grimm

Gleich zu Beginn des 19. Jahrhunderts taten sich in Heidelberg die Freunde und Dichter Achim von Arnim und Clemens Brentano zusammen und publizierten *Des Knaben Wunderhorn*, eine mehr als 700 alte deutsche Lieder umfassende Sammlung. Es sollte nicht lange dauern, bis sich heftige Kritik regte, denn die beiden Sammler und Herausgeber hatten die Texte bearbeitet und dabei „romantisiert“. Vor allem aber hatten von Arnim und Brentano fast ausschließlich bereits vorher schriftlich tradierte Texte aufgenommen, das heißt, sie hatten Gesangbücher und Gedichtsammlungen als Quellen benutzt. Trotzdem fanden ihre drei Bände ein breites Lesepublikum, zumal kein Geringerer als Johann Wolfgang Goethe den ersten, 1805 erschienenen Band wohlwollend rezensierte.

Deutschland, zu jener Zeit ein Flickenteppich aus vielen Kleinstaaten, strebte nach nationaler Einheit und war auf der Suche nach einer deutschen Identität. Lieder und Geschichten, die von Generation zu Generation überliefert worden waren, sollten diesen gemeinsamen Nenner des Deutschtums, die „deutsche Volksseele" enthalten, die den europäisierten Intellektuellen verloren gegangen war.

Von Arnim und Brentano waren mit den Brüdern Jacob und Wilhelm Grimm befreundet, die heute als die eigentlichen Begründer der deutschen Volkskunde und der germanischen Philologie angesehen werden. Jacob (1785–1863) und Wilhelm (1786–1859) wurden beide in Hanau geboren und befassten sich schon sehr früh mit deutschen Sagen, Märchen, Mythen und Volksliedern, die zu retten und zu bewahren ihr Anliegen war. Von Brentano und Arnim beeinflusst, gaben die Brüder Grimm 1812 ihre *Kinder- und Hausmärchen* heraus, die als Grimms Märchen, in mehr als 70 Sprachen übersetzt, weltberühmt werden sollten.

GRIMMS MÄRCHEN

Die Märchensammlung umfasste deutsche Versionen von so beliebten Geschichten wie Aschenputtel, Rotkäppchen, Hänsel und Gretel, Rapunzel, der Froschkönig und Rumpelstilzchen, die auch in anderen Ländern bekannt waren. Und natürlich fand sich auch das Märchen von Schneewittchen in der Sammlung, dessen Schönheit die böse Königin so neidisch macht, dass sie einen Jäger schickt, das unschuldige Mädchen zu töten – der aber lässt es im Wald laufen. Schneewittchen kommt zu einem kleinen Haus, wo sie sieben Bettchen vorfindet und einen für Sieben gedeckten Tisch.

Das Haus gehört den Zwergen, die tagsüber in ihrem Bergwerk arbeiten. Sie lassen Schneewittchen bei sich wohnen: dafür erledigt sie den Haushalt. Die Königin stellt Schneewittchen weiter nach und vergiftet sie mit einem Apfel. Ein Prinz will sie in ihrem gläsernen Sarg in sein Schloss holen. Beim Transport stolpert einer der Zwerge, das giftige Apfelstück fällt Schneewittchen aus dem Mund, sie lebt wieder und heiratet den Prinzen. Bei der Hochzeitsfeier muss die eitle Königin in glühendroten Eisenschuhen tanzen, bis sie tot umfällt.

Dieses grausige Ende ist in den heutigen Kinderversionen meist gestrichen, dafür wird den Zwergen, zumal seit Disneys Trickfilmversion, große Aufmerksamkeit geschenkt.

OBEN & UNTEN
Sieben besorgte Zwerge stehen um Schneewittchens gläsernen Sarg. Ihre modernen Gegenstücke sehen indessen sehr vergnügt aus

Rechts
Heimlich belauscht ein Diener der Königin das vergnügt um sein Feuer tanzende listige Rumpelstilzchen

Unten
Dies muntre Kerlchen kroch bereits um die Jahrhundertwende durch Minenschächte

Alte und neue Märchen

Von Dortchen Wild erhielten die Brüder Grimm drei Märchen von den Wichtelmännern, darunter das „Von dem Schuster, dem sie die Arbeit gemacht". Es erinnert sehr an die bereits erwähnte Geschichte von den Pixies, die dem Bauern in Somerset das Korn droschen und dessen Frau sie verscheuchte, weil sie ihnen Kleider nähte. So ergeht es auch dem Schuster, dem nackte Wichtelmänner nachts die Arbeit machen. Als sie zum Dank Kleider bekommen, verlassen sie tanzend für immer das Haus – fröhlich singend: „Sind wir nicht Knaben glatt und fein? Was soll'n wir länger Schuster sein?" In einer englischen Version wird aus dem Schuster ein Schneider.

Das ebenfalls in ganz Europa bekannte Märchen vom Rumpelstilzchen handelt von einem Wicht, der einer armen Müllerstochter aus der Patsche hilft. Sie soll nämlich aus Stroh Gold spinnen – ihr Vater hatte dem König gesagt, sie könne das. Da erscheint durch die verschlossene Tür das Männlein und verlangt das erstgeborene Kind der jungen Frau als Gegenleistung für seine Hilfe. (Hier klingt wieder das Motiv vom Wechselbalg an.) Sie willigt ein – der König heiratet die Müllerstochter und bald wird das erste Kind geboren. Nun erscheint das Männlein und verlangt seinen Lohn. Zunächst unerbittlich, lässt der Zwerg zuletzt doch eine andere Lösung zu. Innerhalb von drei Tagen soll ihm die junge Königin seinen – bisher verschwiegenen – Namen sagen. Ein Jäger, der den Wicht zufällig bei seinem Haus im Wald beobachtet, hört, wie er vergnügt ums Feuer tanzend singt: „Ach wie gut, dass niemand weiß, dass ich Rumpelstilzchen heiß!" Als ihm am dritten Tag die Königin seinen Namen sagen und damit ihr

Baby behalten kann, da stößt er mit dem rechten Bein leibestief in den Boden, packt sein linkes Bein mit beiden Händen und reißt sich selbst mitten entzwei.

Viele Versionen dieses Märchens sind in ganz Europa bekannt, die Brüder Grimm selbst überlieferten mehrere Varianten. In Schweden heißt der Wicht Gillitrut, in Irland Trit-a-Trot, in Schottland Terrytop oder Whuppity Stoorie. In ursprünglichen englischen Versionen tauchte der hilfreiche Geselle als Tom Tit Tot auf, doch das für englische Ohren ganz und gar exotische und lustig klingende „Rampelstiltskin" hat sich zuletzt auch dort durchgesetzt.

Neben den hier erwähnten sammelten die Brüder Grimm natürlich noch sehr viel mehr Märchen und Geschichten bei Bauern und Erzählern traditioneller Geschichten. Dabei wurde ihnen immer klarer, dass die Geschichten in ihrem Ursprung überhaupt nicht für Kinder gedacht waren, und sie bedauerten, ihre erste Sammlung unter dem Titel *Kinder- und Hausmärchen* herausgegeben zu haben.

Asbjörnsen und Moe

Was die Brüder Grimm für Deutschland, das waren Peter Christian Asbjörnsen und Jörgen Moe für Norwegen, welches 1814, nach Jahrhunderten dänischer Vorherrschaft, endlich die nationale Unabhängigkeit errungen hatte. Auch hier suchte man nun in den bäuerlichen Volks-

Unten
Fleißig sind die Zwerge in ihrer Mine bei ihrer schweißtreibenden Arbeit. Da wäre zu viel Kleidung nur hinderlich

Oben
Laternen sind unentbehrlich, wenn man zu nachtschlafender Zeit unterwegs ist

Rechts
Stolz stützt sich dieser Gartenzwerg auf seinen Spaten. Mit gutem Grund, ist er doch über 100 Jahre alt

traditionen nach nationaler Identität. Die erste und schönste von Asbjörnsen und Moe im ländlichen Norwegen zusammengetragene Sammlung von Märchen wurde 1840 veröffentlicht und als Ausdruck der norwegischen Volksseele begeistert begrüßt. Man glaubte, eine innere Verbindung zur Schönheit der ursprünglichen norwegischen Landschaft mit ihren Bergen, Wäldern und Fjorden zu spüren, zumal die Märchen im „reinen" Norwegisch der Bauern aufgezeichnet waren, nicht in der mit Dänisch durchsetzten, nun als dekadent empfundenen Hochsprache der gebildeten Stadtbewohner.

Rechts
Peter Christian Asbjörnsen, ein unermüdlicher Sammler norwegischer Volksmärchen

Enttäuschend war nur, dass so viele Themen und Motive eigentlich gar nichts ursprünglich Norwegisches hatten (obwohl natürlich jede Menge Trolle in den Märchen vorkamen), sondern in ganz Europa anzutreffen waren. Aber man tröstete sich damit, dass die bäuerliche Kultur Norwegens den Märchen ihren ganz eigenen, typischen Stempel aufgeprägt hatte.

Asbjörnsens Mutter hatte übersinnliche Fähigkeiten und sah gelegentlich Geister und Gespenster aus dem Boden aufsteigen. Er selbst hatte von den Arbeitern in der Glaserwerkstatt seines Vaters viele alte Märchen und Geschichten gehört und sein Freund Moe, selbst ein Dichter, wurde der erste akademisch gebildete Folklorist Norwegens. Moe betrieb echte Fallstudien, so wie die Brüder Grimm, mit denen die beiden Norweger in Briefkontakt standen. Der große norwegische Dramatiker Henrik Ibsen ließ sich von den Norske folkeeventyr, wie die Sammlung von Asbjörnsen und Moe hieß, beeinflussen. Man denke nur an sein Versdrama Peer Gynt, dessen wichtigste Motive er in der Sammlung seiner beiden Landsleute fand.

Auch in Irland gingen Nationalismus und Folkloristik Hand in Hand. Thomas Crofton Crokers 1827 publizierte Sammlung von irischen Volkslegenden und Märchen war die erste in Feldarbeit zusammengestellte Kompilation Großbritanniens. Viele Autoren bedienten sich an der reichen Fülle der irischen Volksliteratur, und als später im Jahrhundert die irisch-keltische Mythologie und Sagenwelt wiederentdeckt wurde, bildete sie einen ganz entscheidenden Faktor bei der Herausbildung einer irischen Nationalidentität, die sich gänzlich von der englischen unterschied.

Der große Dichter William Butler Yeats (1865–1939), eine Schlüsselfigur der irischen Befreiungsbewegung, veröffentlichte

Oben
Eine der ersten Ausgaben der „Norwegischen Volksmärchen"

Oben rechts
Jörgen Moe war 1875–1881 Bischof von Christiansand

Ende des 19. Jahrhunderts seine eigenen Versionen irischer Bauernmärchen. Die Gründung der Gaelic League, der Gälischen Liga, 1893, sollte nicht zuletzt dazu dienen, die irische Sprache und Kultur, das Geschichtenerzählen, den Volkstanz und was sonst alles dazu gehörte, wiederzubeleben. Ähnliche Entwicklungen halfen auch dem schottischen und walisischen Nationalismus auf die Beine.

ES WEIHNACHTET SEHR ...

Die Brüder Grimm und ihre Mitarbeiter und Nachfolger zeichneten das traditionelle Material nicht nur einfach auf, sie machten das genaue Studium der alten Quellen zu einer anerkannten Wissenschaft und ebneten damit den Weg für solche Giganten wie Richard Wagner in Deutschland, Hans Christian Andersen in Dänemark, Henrik Ibsen in Norwegen und W.B. Yeats in Irland, die nun ihrerseits dem „kleinen Volk" und der ganzen sich um sie rankenden Mythen- und Sagenwelt zu neuer Bedeutung verhalfen. Man musste nicht wirklich an Zwerge, Elfen oder Elementargeister glauben – obgleich viele Menschen das noch immer taten und manche tun es noch heute –, es genügte, sie als Symbol eines alten, tiefgreifenden Verständnisses von der Welt zu begreifen, wie es sich in den Traditionen und Vorstellungen der einfachen Leute erhalten hatte, die in Einklang mit der Natur und dem sie umgebenden Land lebten. Dies alles trug dazu bei, die Atmosphäre zu schaffen, in der sich später der Gartenzwerg gemütlich niederlassen sollte. Eingeleitet wurde das durch eine Entwicklung, die die hehre Romantik der großen Dichter auf die Ebene des Kitschigen herunterholte, dem die breite Masse mehr abgewinnen konnte.

OBEN & LINKS
Der typische Weihnachtsmann mit weißem Bart und roter Jacke, wie man ihn seit Beginn dieses Jahrhunderts kennt

Ein typisches Beispiel ist die Entwicklung, die das Weihnachtsfest im 19. Jahrhundert nahm. Anfänglich ein beinahe unbedeutendes Fest, das allerdings von den frühen Kirchenmännern nicht ohne Grund auf das Datum des heidnischen Julfestes, des Festes der winterlichen Sonnenwende, gelegt worden war, erlangte es erst Ende des letzten Jahrhunderts den Status eines Kinder- und Familienfestes. Auch der geschmückte Weihnachtsbaum mit seinen Kerzen und seinem Naschwerk ist eine (von der Kirche zunächst heftig bekämpfte) „Erfindung" der Neuzeit. Erst um 1600 soll deren Brauch in Straßburg aufgekommen sein, wenngleich wohl als ein Rückgriff auf alte heidnische Bräuche. So ist in den isländischen Volkssagen die Rede von der heiligen Eberesche, die in der Julnacht auf allen Zweigen Lichter hat und die der Wind nicht zu löschen vermag.

Vieles hat sich im Laufe der Jahrhunderte vermischt und überlagert, bis schließlich das Weihnachtsfest unserer Tage nebst seinem allgegenwärtigen Weihnachtsmann mit seiner typischen rot-weißen Zipfelmütze und Jacke, seinem weißen Bart und seinem klingelnden, von Rentieren gezogenen Schlitten daraus wurde, mit dem er durch die Winterlandschaft von Haus zu Haus fährt, um den Kindern Geschenke zu bringen. Dieser heute so typische Weihnachtsmann, der auf manchem Umweg aus Amerika zu uns gekommen und inzwischen eine weltbeherrschende Figur geworden ist, zeigt in seinem amerikanischen

Namen Santa Claus seine tatsächliche Herkunft an, handelt es sich doch um den heiligen Nikolaus, noch heute einer der Hauptheiligen der griechischen Kirche. Er hat im 4. Jahrhundert gelebt und sein Todestag, der 6. Dezember, wurde zu dem heute gefeierten Nikolaustag.

Hinter all dem steht ursprünglich heidnisches Glaubensgut, das untrennbar mit den Wichteln verknüpft ist. Für das wichtelhafte Aussehen des amerikanischen Santa Claus sind nicht zuletzt Illustrationen von Thomas Nast verantwortlich, die er in den 60er Jahren des letzten Jahrhunderts für populäre Zeitschriften fertigte. In England verschmolz die Figur des Santa Claus mit Father Christmas. Obgleich der moderne Weihnachtsmann alles andere als eine zwergenhafte Gestalt hat, erinnert er doch in vielen Zügen an die Zwerge der Volkstradition – auch ist er im Besitz großer Schätze, die er in Form von Weihnachtsgeschenken verteilt.

In einem schwedischen Kinderbuch von 1875 waren Illustrationen von Jenny Nyström, die die an unsere Heinzelmännchen erinnernden Hausgeister als kleine, nette Männchen mit roten Zipfelmützen zeigten. Sie wirkten so sehr viel niedlicher und lieber als die doch leicht bedrohlichen *Tomte* der Volkstradition.

Auch in Deutschland entdeckte man Heinzelmännchen als putzige Gesellen, die im Zentrum von lustigen Kindergeschichten und Gedichten stehen konnten. Berühmtheit erlangte das Gedicht von August Kopisch (1799–1853) über die Heinzelmännchen von Kölln, die mit unermüdlichem Fleiß allnächtlich allen Handwerkern, den Zimmerleuten, dem Bäckermeister, dem Fleischer, dem Küfer und dem Schneider zur Hand gehen, bis die Neugier der Schneidersfrau zum Verhängnis führt. Sie streut Erbsen aus, auf denen die Männlein ausgleiten und fallen, und kommt dann mit der Laterne, um sie sich zu besehen, doch:

Husch husch husch husch! –
verschwinden all!
„Ein jeder muss fein
selbst fleißig sein,
Und kratzen und schaben
Und rennen und traben
Und schniegeln und bügeln
Und klopfen und hacken
Und kochen und backen.
Ach, dass es noch wie damals
wär!
Doch kommt die schöne Zeit
nicht wieder her!“

Links
Ein Weihnachtsmann mit Holzschuhen und roter Mütze grüßt in York vom Pferd

Unten
Nachdem er alle Geschenke verpackt hat, ruht sich der Weihnachtszwerg bei seiner Katze aus

Zwergenwissen
Das in Skandinavien gebräuchliche Wort *nisse* für Zwerg hängt mit dem Namen Niels zusammen, der seinerseits wieder mit Nikolaus und den davon abgeleiteten Kurzformen Claus und Claas verwandt ist. In Dänemark dekoriert man zur Weihnachtszeit die Häuser mit Figuren von Nissen, die rote Mützen und Westen tragen, blaue oder graue Hosen und Holzschuhe. Sie sollen eine glückliche Weihnachtszeit bringen. Eine diesem Nissen ähnliche Figur ist der Jorvik Viking, der in York, in England, als Geschenkebringer die Rolle des Weihnachtsmanns übernimmt.

Zwerge und Gärten

Ein Garten ist ein Stück „gezähmte" Natur. Abgetrennt von der Außenwelt als ein Hort der Schönheit, des Friedens und der Harmonie, gibt sich der Gärtner hier der Illusion hin, alles unter Kontrolle zu haben. Kleine Standbilder von Göttern und anderen mythischen Wesen, von Tieren und Gebäuden stellt der Gärtner nicht nur als Anziehungspunkt für die Augen auf. Er möchte die Figuren selbst und das, was sie repräsentieren, seiner Macht unterwerfen und so zu einem Teil der Harmonie machen, die er zu schaffen wünscht.

GÄRTEN ALS SEELENWÄRMER

DIE ALTEN GRIECHEN PFLEGTEN IN DER NÄHE IHRER TEMPEL Bäume und Sträucher zu pflanzen und die Römer entwickelten die Kunst der ornamentalen Gartenanlagen. Reiche Römer stellten Statuen von Göttern in ihre Gärten, die erwünschte Qualitäten repräsentierten. Die Göttin Venus beispielsweise stand für Liebe, Frieden oder Gerechtigkeit; ihre Statue war nicht nur ein schöner Anblick, sie erfüllte auch Sinn und Seele des Betrachters mit ihren Tugenden. Daneben liebten es die Römer, ihre Gärten mit Brunnen und Fischteichen zu zieren, kleine Wasserfälle und Grotten in ihnen anzulegen und diese Kunstlandschaften mit Figuren von Tieren und Jagdszenen zu bestücken. Auch die Kunst, Bäume und Sträucher zu Figuren zu trimmen, geht auf die Römer zurück.

RECHTS
Dieser Geselle sieht aus, als wäre er noch ein wenig zu jung für seinen Humpen Bier

UNTEN
Was könnte besser als Zwergenstammtisch dienen als ein roter Fliegenpilz?

Als in Italien die Zeit der Renaissance mit ihrer leidenschaftlichen Begeisterung für die klassische griechische und römische Zivilisation anbrach, hatte kein römischer Garten der Antike überlebt, den man hätte kopieren können. Doch bei Schriftstellern wie Plinius d. J. und anderen fand man Beschreibungen solcher Gärten. Sie dienten beispielsweise als Vorbild für den im 16. Jahrhundert von Pirro Ligorio angelegten Garten der Villa d'Este in Tivoli mit ihren Brunnen, Fontänen und Wasserspielen, ihren Skulpturen und ihren Grotten, die mit Stuckbildern geschmückt sind, die Szenen der antiken Mythologie zeigen. Von einem Mitglied der Familie Orsini wurden dramatische Effekte, wie furchtbare Monster, ein Höllenschlund und rätselhafte Figuren, die unvorsichtige Besucher erschreckten, für eine verrückte Gartenanlage in Bomarzo geschaffen.

Diese Art von Humor herrschte auch in den Gärten der Fugger in Augsburg, wo es eine Brücke gab, auf der man, wenn man sie überschritt, plötzlich wie aus dem Nichts mit Wasser angespritzt wurde. Die heutigen Vorstadtgärten, in denen Zwerge und andere Figuren, Fliegenpilze, Teiche, Laternen, kleine Almhütten oder Windmühlen zu ähnlich theatra-

lischen oder humoristischen Ensembles zusammengestellt sind, haben ihr Vorbild in diesen aristokratischen Gärten der Renaissance.

Während des 16. und 17. Jahrhunderts ließen Mitglieder der Familie Medici den berühmten Boboli-Garten in Florenz erweitern und ausbauen. Zu den Sehenswürdigkeiten dieser Gartenanlage gehört auch der von Valerio Scipoli 1560 geschaffene Bacchus-Brunnen. Modell für den auf einer Schildkröte reitenden Weingott Bacchus war Pietro Barbino, der Hofzwerg, den sich Cosimo I. (1519–1574) zu seinem Vergnügen hielt.

Hofzwerge

In jener Zeit war der Hofzwerg geradezu eine typische Erscheinung an den Fürstenhöfen. Einige dieser kleinwüchsigen Menschen genossen viele Freiheiten. Manche brachten es sogar zu ansehnlichem Vermögen. Der aus Tirol stammende Klemens Perkeo war im 18. Jahrhundert Hofzwerg des Kurfürsten Karl Philipp. Dem Wein alles andere als abgeneigt, soll er auf die Frage, ob er ein Glas wolle, immer geantwortet haben: „perchè no?“ – warum nicht? – woraus sein Name Perkeo wurde. Der Zwerg, dessen Denkmal im Hof des Heidelberger Schlosses steht, soll damit geprahlt haben, in seinem Leben mindestens einmal das Heidelberger Fass leer getrunken zu haben.

Der Hofzwerg Karls I. von England hieß Jeffrey Hudson. Er war vollkommen richtig proportioniert, aber nicht mehr als 46 cm groß. Dieser Kuriosität wegen hatte ihn die Herzogin von Buckingham zu sich genommen. Sie ließ Jeffrey bei Galadiners aus einer Pastetenform springen. Das amüsierte die Gattin des englischen Königs, die Französin Henrietta Maria, so sehr, dass sie Jeffrey mit an ihren Hof nahm.

Oben
Um 1633 malte van Dyck Königin Henrietta Maria mit ihrem Liebling unter den Hofzwergen, Jeffrey Hudson

Oben links & links
Barbino als Bacchus im Boboli-Garten. Dem Freund aus Salzburg scheint es nicht gut zu gehen

Oben & rechts
Ein paar der erhaltenen Zwergenfiguren vom Gelände des Schlosses Mirabell bei Salzburg aus der Zeit um 1725

Roh, aber beliebt

Die Vorliebe für Hofzwerge inspirierte wohl zu den steinernen Gnomen, die seit Beginn des 18. Jahrhunderts die Schlossgärten Norditaliens und Süddeutschlands zierten. Sie hießen hier wie dort *gobbi* (italienisch für Buckliger) oder *calotti*, nach dem französischen Künstler Jacques Callot (um 1592–1635). Callot hatte 1616 eine Mappe mit 20 Stichen veröffentlicht, die zwergwüchsige Bucklige und Krüppel zeigten – als Komödienschauspieler, Musiker, Tänzer, Hofnarren und Bettler kostümiert. Johann Andreas Pfeffer, ein deutscher Verleger, griff die Idee auf und publizierte 1706 in Wien ein Buch mit Kupferstichen, die auf Callots Originalen basierten, aber grobschlächtiger ausgeführt waren. Lächerlich aufgeputzt und mit übertrieben affektierten Gesten posierten zwergwüchsige Damen und Herren zum amüsierten Abscheu der Betrachter.

Von diesen Illustrationen inspirierte Zwergenskulpturen wurden kopiert und fanden sich dann in Gärten wie etwa dem der Villa Valmarana nahe dem norditalienischen Vicenza, die nach den Zwergen auf ihrer Parkmauer auch *Villa dei Nani* genannt wird. Eine ebenfalls ansehnliche Zahl solcher Skulpturen erhielt sich im Hofgarten von Oettingen, das in der Nähe von Nördlingen im Ries liegt. Im Garten von Schloss Sinning nahe Neuburg a. d. Donau musiziert stumm ein Zwergenorchester, während auf Schloss Weikersheim Zwergenfiguren aufgestellt sind, für die die – normalwüchsige – Dienerschaft der Grafen von Hohenlohe hatte Modell stehen müssen.

Für den Garten des Lustschlosses Mirabell bei Salzburg wurde ein „Zwergentheater" geschaffen mit grotesken Figuren von Bauern und Arbeitern. Die Figuren, die die Zeit überdauert haben, stehen heute im nahe gelegenen Bastiongarten.

Auch innerhalb der Häuser traten die nun Mode gewordenen Zwerge auf, sei es auf Tapeten oder als Porzellanfiguren, als Intarsienschmuck oder als Ofenkachel, ja sogar in Marzipan als Kuchenverzierung. Abgesehen von ihrer Körpergröße haben alle diese Figuren weder mit den Zwergen des Volksglaubens noch mit den späteren Gartenzwergen irgend etwas gemein. Sie

Oben
Bei dieser ungewöhnlichen Kombination handelt es sich um eine Kuchendekoration aus den 30er Jahren

sehen anders aus und sind der jeweils vorherrschenden Mode entsprechend gekleidet, vor allem aber ist ihr Zweck vorrangig die Belustigung des Betrachters. Sie sollten echte, von der Natur benachteiligte Menschen lächerlich machen und damit dem überheblichen Geist des angeblich Normalen und Gesunden schmeicheln. Gegen Ende des 18. Jahrhunderts nahmen drollige Putten und ehrwürdige Figuren im klassischen Stil ihren Platz ein. In seinem langen Poem *Hermann und Dorothea* läßt Goethe 1797 den Apotheker sagen:

„So war mein Garten auch, in der ganzen Gegend berühmt, und / jeder Reisende stand und sah durch die roten Staketen / Nach den Bettlern von Stein und nach den farbigen Zwergen. / Wenn ich den Kaffee dann gar in dem herrlichen Grottenwerk reichte, / Das nun freilich verstaubt und halb verfallen mir dasteht, / Der erfreute sich hoch des farbig schimmernden Lichtes / Schöngeordneter Muscheln; und mit geblendetem Auge / Schaute der Kenner selbst den Bleiglanz und die Korallen.“

Jetzt aber, so lässt der Dichter den Apotheker fortfahren, ist das alles altmodisch, denn sowas will niemand mehr sehen, „alles soll anders sein und geschmackvoll“; „weiß die Latten und hölzernen Bänke“, „einfach und glatt, nicht Schnitzwerk oder Vergoldung“ sind gefragt, doch leider, so die finale Klage, könne „oft zu verändern den Hausrat“ der kleine Mann sich ja nicht leisten.

EINE FRAGE DES GESCHMACKS

Kaum hatte die elegante Schlichtheit Fuß gefasst, wurde sie zur Zeit der englischen Königin Viktoria auch schon wieder verdrängt, denn nun gefiel dem neuen Geschmack wieder das Spektakuläre und Bunte. Aus aller Welt importierte man exotische Pflanzen; ein buntes Blumenbeet, ornamental geschnittene Büsche und mit bunten Steinen gepflasterte Terrassen, mysteriöse Grotten sowie fantasievolle Feenlandschaften mit malerisch verkrüppelten Bäumchen waren der Stolz jedes Gärtners. Hineingesetzt in diese künstlichen Idyllen fanden sich japanische Brücken und chinesische Pagoden. Der kunstvolle Baumschnitt erlebte eine neue Hochblüte. Die Begeisterung für Fels- und Steingärten führte dazu, dass man ganze Alpenlandschaften mit Bergen und Almwiesen, Chalets und Brücken nachbaute; die Sitzbänke zimmerte man aus roh belassenem Knüppelholz, von dem man nicht einmal die Rinde schälte.

Zu dieser Zeit begannen deutsche Keramikmanufakturen mit der Produktion von Gartenzwergen. Ein erstes Zentrum dieser neuen Industrie wurde das südlich von Gotha und Erfurt im Thüringischen Wald gelegene Städtchen Gräfenroda. Schon seit mehreren Generationen wurden in den kleinen Betrieben dieses Ortes Terrakottafiguren hergestellt und welche von den 14 um die Jahrhundertwende hier produzierenden Kleinfabriken die erste war, die einen „echten“ Gartenzwerg mit Zipfelmütze und Bergmannsschürze auf den Markt brachte, ist heute nicht mehr eindeutig zu klären. Ein Name der ersten Stunde war die Manufaktur Heissner, die seit 1871 große Mengen von Zwergen herstellte, die aber eigentlich als Innendekoration gedacht waren. Sie hielten Gabeln, Spaten oder Pfeifen in der Hand

LINKS
Tapfer kämpft dieser bemalte Bronzezwerg mit seinem Regenschirm

RECHTS
Gartenzwerge dieser Art von stolzen 100 cm Größe stellte eine Töpferei in Österreich von 1718 bis 1861 her

DIE ZWERGE VON LAMPORT HALL

DIE MAJESTÄTISCHEN BRITISCHEN ZWERGE

Erst nachdem die Brüder Grimm im 19. Jahrhundert ein neues Interesse für die Zwerge und Kobolde der germanischen Mythen geweckt hatten, wurden in Deutschland Zwergenfiguren folkloristischen Typs hergestellt – nicht für Gärten, sondern als Zimmerschmuck. Sie fungierten auch als Fußstützen oder bedienten kleine Kanonen, die als Zigarrenanzünder dienten. Solche Zwerge stachen während eines Besuches in Nürnberg dem englischen Landedelmann Sir Charles Isham aus Lamport Hall in Northamptonshire ins Auge.

Charles Edmund Isham hatte nach dem Selbstmord seines älteren Bruders 1846 das Anwesen seiner Ahnen und die Baronswürde übernommen. Als leidenschaftlicher Gärtner legte er sogleich einen ansehnlichen Steingarten an, der ein Areal von 27 auf 14 Meter umfasste und bis zu 7 m hoch aufragte; die sanft abfallenden Hänge bepflanzte Sir Charles mit Zwergkiefern und anderen Miniaturpflanzen des Alpenraums. Die dunklen Felschluchten und mit Quarzen ausgelegten Grotten schienen ihm hingegen der ideale Standort für die Zwergenpopulation, die er in Deutschland geordert hatte: Er stellte die als Innendekoration gedachten deutschen Zwerge im Freien auf und wurde so um 1860 in gewisser Weise der Vater der modernen Gartenzwerge.

Leider hat nur einer aus dieser ursprünglichen Zwergengeneration die Zeiten überdauert. Er steht heute unter einer Glasglocke im Inneren des Hauses. Man sagt, er sei mit einer Million Pfund versichert und der einzige Zwerg, der je

Sehen heisst glauben

Sir Charles Liebe zu seinen Zwergen hatte einen religiösen Hauch. Der überzeugte Vegetarier interessierte sich sehr für das Übersinnliche und war Mitglied einer spiritistischen Vereinigung, die behauptete, mit den Geistern Verstorbener Kontakt aufnehmen zu können – was in den 40er und 50er Jahren des letzten Jahrhunderts in England für großen Wirbel sorgte. Sir Charles selbst nahm an vielen Seancen teil. Da er an Feen und Geister glaubte, war er beeindruckt von Berichten aus Irland, wo Menschen behaupteten, welche gesehen zu haben. Seiner Meinung nach handelte es sich dabei nicht um Sinnestäuschungen, sondern um eine Erweiterung geistiger Fähigkeiten. (Heute würde man von extrasensorischer Wahrnehmung sprechen.)

Er unterstützte auch einen Pionier der Hypnose, Thomas Capern, von dem er sagte, er habe in der Nachbarschaft von Lamport erstaunliche Heilungen bewirkt. Sir Charles verfügte über viel Humor und fragte sich, was seine Zwerge wohl anstellten, wenn er nicht hinschaute. Mehr als 50 Jahre lang war er Herr in seinem Garten.

Oben & links
Der Letzte aus der ursprünglichen Zwergengeneration auf einem seiner seltenen Ausflüge durch Lamport Hall

Zutritt zu den erhabenen Gefilden der Chelsea Flower Show erhielt: 1993. Anders als die grotesken Figuren des 18. Jahrhunderts repräsentiert dieser Zwerg eine Figur der traditionellen Folklore. Das 10 cm große Figürchen trägt eine rote Zipfelmütze, Weste, Hose, schwarze Holzpantinen und einen buschigen Bart, der dem von Sir Charles ähneln soll.

Zwergenstreik

1897 erhielt der Garten im *Gardeners' Chronicle* eine hervorragende Kritik. Einer der Zwerge lag hingestreckt auf dem Felsen und schaute anderen Zwergen zu, die unten vorbeigingen, während ein Grüppchen von Zwergenbergleuten streikte. Sie hatten die Werkzeuge und Schubkarren niedergelegt und fläzten sich, die Hände in den Taschen, unter einem handbeschriebenen Schild, auf dem zu lesen stand:

„Acht Stunden Schlaf,
Acht Stunden Spiel.
Für acht Stunden Arbeit
Sind acht Schilling nicht viel."

Sie streikten noch immer, als ein Reporter vom *Strand Magazine* 1900 über den Garten berichtete. Er bewunderte auch die Zwergenbergleute mit ihren Hacken und Schaufeln, Leitern und Schubkarren. Auf den von ihm gemachten Fotos tragen sie phrygische Mützen. „Sie zwingen einen", schrieb er, „sich in eine andere Welt versetzt zu fühlen." Wie recht er doch hat!

Oben
Ein anderes berühmtes Versteck ist die Elfeneiche in Kensington Gardens

Links
Obwohl er sicher längst das Pensionsalter erreicht hat, ist dieses Kerlchen noch immer unermüdlich bei der Arbeit

Oben
Abbildungen von Gartenzwergen aus einem frühen deutschen Versandkatalog

oder spielten Ziehharmonika. Ab der Jahrhundertwende wurden bei Heissner auch Gartenzwerge hergestellt; ein Werbeplakat der Firma Ludwig Möller in Erfurt bot Zwergenfiguren für den Garten an, darunter bäuerlich gekleidete Kerlchen mit Schürzen sowie roten oder braunen Zipfelmützen. Über langen weißen Bärten schauten rosige Bäckchen hervor. In keinem Fall glichen sie den grotesken Karikaturen des 18. Jahrhunderts.

In seinem Roman *Felix Krull* lässt Thomas Mann seinen hochstaplerischen Protagonisten sich schwärmend erinnern: „Der abfallende Garten war freigebig mit Zwergen, Pilzen und allerlei täuschend nachgeahmtem Tier aus Steingut geschmückt; auf einem Postament ruhte eine spiegelnde Glaskugel, welche die Gesichter überaus komisch verzerrte, und auch eine Äolsharfe, mehrere Grotten sowie ein Springbrunnen waren da, der eine kunstreiche Figur von Wasserstrahlen in die Lüfte warf und in dessen Becken Silberfische schwammen."

Ein Guckkasten für Zwerge

Die Keramikmanufaktur des deutschen Herstellers Ernst Wahliss besaß Ausstellungs- und Verkaufsräume in Londons Oxford Street. 1908 veröffentlichte Wahliss eine Anzeige, in der es unter anderem hieß, die Gartenzwerge und Männlein eigneten sich ganz besonders gut zur Dekoration von Parks und Gartenanlagen. „Einer unserer Kunden hat bereits mehr als 100 unserer Zwerge in seinen berühmten Gärten und unterirdischen Grotten stehen."

Dieser Kunde war Sir Frank Crisp, der in Friar Park, nahe Henley-on-Thames, eine der außergewöhnlichsten Gartenanlagen jener Zeit angelegt und für Besucher geöffnet hatte. Wie Sir Charles Isham hatte Sir Frank Interesse für das Übersinnliche und ließ in Friar Park ein so genanntes Topiarium anlegen, einen Garten voller figürlich beschnittener Bäume und Sträucher. Für einen alpinen Felsengarten, der mehr als 4000 Pflanzen beherbergte, ließ er 7000 Tonnen Gestein herankarren, die zu einem künstlichen Matterhorn aufgeschichtet wurden.

Vor allem aber gab es in dieser Anlage fünf große künstliche Höhlen, darunter eine voller Fledermäuse, Eulen und Krokodile, bestückt mit Spiegeln, die optische Täuschungen erzeugten. In einer anderen Höhle mit Zerrspiegeln lagen künstliche Skelette und in wieder einer anderen sah man einen täuschend echten Ordensbruder auf dem elektrischen Stuhl. Die letzte war die Zwergenhöhle, in der man (Sir Franks eigenem, 1906 verfassten Führer zufolge) eine Zwergengruppe sah, die ein Vogeljunges aus dem Nest zu stehlen versucht und dabei von den Vogeleltern angegriffen wird, einen Zwerg, der gerade eine Prise nimmt, einen anderen, der – sehr zur Belustigung seiner Kameraden – entsetzliches Zahnweh hat, einen weiteren, der sich einem Grashüpfer gegenüber ungebührlich benimmt, einen, der vor einer Schlange zurück-

LINKS
Sogar die Zwerge genossen in viktorianischer Zeit ihren Schnupftabak

RECHTS
Diese dralle Zwergendame stammt aus England, würde sich aber sicher auch in einem deutschen Garten wohl fühlen

schreckt und schließlich einen, der entsetzt sieht, wie die Champagnerflasche, die er gerade wegtragen will, explodiert. Ganz am Ende der Höhle blickte der nichts ahnende Besucher plötzlich in einen Zerrspiegel, der ihn selbst als Zwerg erscheinen ließ.

GENUG IST GENUG

Die unerbittliche Witzigkeit solcher Anlagen verhärtete zweifellos die Herzen der führenden Gartenschriftsteller, die sich entschieden von der vulgären viktorianischen Spontaneität und ihren Exzesssen abwandten. William Robinson, seit 1871 Herausgeber des Magazins *The Garden* und unbestrittene Autorität in Sachen Gartengestaltung, bezeichnete Frank Crisps Matterhornimitation als den bestgelungen Felsgarten aus Naturstein, den er je gesehen habe; doch gegen die Zwergarrangements schleuderte er geradezu einen Bannfluch. Seine klare Haltung ließ selbst für den schüchternsten, unauffälligsten Gartenzwerg keine Nische und keinen noch so kleinen Schlupfwinkel offen.

Dieser Haltung schloss sich auch Gertrude Jekyll (1843–1942) an, die führende britische Gartenschriftstellerin des 20. Jahrhunderts und Grande Dame der Ziergärten und Gartenkultur. In ihrem wegweisenden, 1918 veröffentlichten Buch mit dem schlichten Titel *Garden Ornament* wird der Gartenzwerg mit keinem Wort erwähnt und auch die Felsgärten kommen nicht vor. In ihren Auslassungen über Gartenskulpturen, Urnen und Vasen, Brücken und Springbrunnen, Treppen, Balustraden, Orangerien, Loggien, Taubenschläge, Gartenbänke, Pergolen und Terrassen machte Miss Jekyll keinen Hehl aus ihrer Abneigung gegenüber Zierrat im italienischen Stil, der, so ihre Ansicht, nicht in eine englische Szenerie passe. „Die Büsten der Caesaren und die Götterskulpturen aus weißem Marmor fühlen sich in unseren Gärten nicht heimisch", meinte sie. Sie gab den Bleifiguren den Vorzug.

Zwergenwissen
Nicht überall wo Gärten, Blumen, Büsche und Bäume im Mittelpunkt des Interesses stehen, sind Gartenzwerge willkommene Gäste. Oder haben Sie etwa auf einer Bundesgartenschau, in einem botanischen Garten oder auf der Insel Mainau schon einmal einen Gartenzwerg gesehen?

OBEN
Freundliche Gesichter umgeben Ann Atkin, die Gründerin des Gnome Reserve

EINE KLASSENLOSE GESELLSCHAFT

Trotz der Ächtung durch Miss Jekyll haben Gartenzwerge seit den 20er Jahren in vielen Bürgergärten ihren festen Platz, auch wenn sie gelegentlich belächelt und von den Journalisten der Gartenmagazine mit herablassender Arroganz erwähnt werden. Besonders bei älteren, pensionierten Ehepaaren erfreuen sie sich großer Beliebtheit; vielleicht als Ersatz für die Kinder, die flügge geworden das heimische Nest verlassen haben oder auch als pflegeleichter Ersatz für Haustiere. Schließlich müssen die Zwerge weder gefüttert noch Gassi geführt werden. Sie gefallen dem Kind hinter der Maske des Erwachsenen und oft gibt es den mehr oder weniger uneingestandenen Glauben, dass sie Glück ins Haus bringen und Unglück fern halten, zumindest aber gute Laune verbreiten.

Die Zwerge sind geradezu geschaffen für das Gärtnern und das Angeln macht ihnen Spaß. Beides klassenlose Zeitvertreibe, die sich auch beim Menschen großer Beliebtheit erfreuen und deutlich erkennen lassen, dass die Zwerge weder den sozialen Aufstieg suchen noch die Karriereleiter erklimmen wollen.

Die Zwerge sind Ausdruck der Wesensart ihrer Besitzer, geradeso wie es die römischen Gärten der Antike waren.

Oft sagt man den Zwergen nach, sie repräsentierten die Nähe zur Natur, lehnten allen Sozialneid ab und seien besorgt um die Umwelt. Ann Atkin etwa, die 1979 das Gnome Reserve (siehe Seite 96) gründete, hält die Zwerge für Symbole der Naturkräfte.

Leitfaden für Zwergbesitzer

Einst Erzeugnisse echter Handwerkskunst, kommen viele Zwerge heute aus der maschinellen Massenproduktion. Während manche nur den guten alten Keramikzwerg, wie er bereits vor 120 Jahren hergestellt wurde, zum Zierrat des eigenen Gartens oder der Wohnung für wert befinden, sind andere mit ihren Plastikzwergen rundum glücklich.

ZWERGE EROBERN DIE WELT

VON ANFANG AN HATTEN DIE DEUTSCHEN bei der Herstellung von Gartenzwergen eine Vormachtstellung inne. Seit dem Zweiten Weltkrieg blühte vor allem in Ostdeutschland die Zwergenindustrie, die allerdings hauptsächlich für den Export produzierte. Noch Mitte der 90er Jahre schätzte man den deutschen Export von Gartenfiguren auf eine runde Million.

Die frühen Gartenfiguren (LINKS) *waren mit ihren individuellen, erwachsenen Gesichtern erstaunlich lebensecht, während die moderneren Zwerge* (RECHTS) *eher wie stilisierte Kinder wirken*

OBEN RECHTS
Dieses resolut aussehende Kerlchen lebt heute in Reading in Berkshire. Er könnte ein Abkömmling der original polnischen Zwerge sein, die ihren Zug durch Europa angetreten haben

EINE BLÜHENDE INDUSTRIE

Als 1994 eine heimlich eingeschleuste Truppe von 300 polnischen Gartenzwergen die deutsche Grenze bei Frankfurt an der Oder unbemerkt überschreiten wollte, und von Zollbeamten geschnappt wurde, brach ein kleiner Zwergenkrieg aus. Deutsche Gartenzwerg-Hersteller protestierten gegen diese Invasion, denn sie sahen ihren heimischen Absatzmarkt von den billigen polnischen Plastikzwergen bedroht, von denen viele obendrein den deutschen Vorbildern zum Verwechseln ähnlich sahen. Im April 1997 konnte man gar in den Zeitungen lesen, es sei von Zollbeamten eine Ladung mit 11 000 Gartenzwergen aufgegriffen worden, als diese unter Umgehung der Zollgebühren illegal über Belgien hatte eingeführt werden sollen.

LINKS
Der Zwerg mit Fliegenpilz stammt aus Thüringen aus dem Jahr 1950

UNTEN
Ein PVC-Plastikzwerg mit typisch aufgespritzter Farbgebung

... AUF DEN ZWERG GEKOMMEN

Das oberfränkische Städtchen Coburg (einst Hauptstadt des Herzogtums Sachsen-Coburg-Gotha) liegt in einem Gebiet, das für seine Porzellanmanufakturen berühmt war. Besonders Heiligenfiguren und Figuren der heiligen Familie wurden hier aus Porzellan, Terrakotta und ähnlichen Materialien hergestellt. Kaum aber hatte der Gartenzwerg sich Freunde erobert, stellten dieselben Künstler nebenbei auch Zwerge her. Dazu verrührten sie vor Ort anstehende Tonerden mit Wasser zu einer Gießschlick genannten Paste, die sie in zweiteilige Gussformen aus Gips füllten. In der Gussform härtete der Gießschlick an der Außenseite rasch aus und die in der Mitte noch flüssige Masse wurde wieder abgegossen, sodass eine Hohlform entstand. Die Hohlfigur des Zwerges, Rohling genannnt, wurde aus der Gussform gelöst, mit dem jeweils gewünschten Zierrat – wozu auch die Arme und Hände und die jeweiligen Geräte gehören – versehen und dann bei etwa 1000° C gebrannt. War der Rohling wieder abgekühlt, konnte er bemalt werden; eine Arbeit, die zumeist Frauen in Heimarbeit erledigten.

DIE PLASTIKREVOLUTION

Nach dem Zweiten Weltkrieg erfolgte die Invasion der aus PVC (Polyvinylchlorid) hergestellten Plastikzwerge. Der Herstellungsvorgang entspricht in etwa dem der Keramikzwerge. Die Plastikmasse wird in ein Metallmodel gepresst, aus der der fertige hohle Zwerg mit einem Haken an einem Loch im Boden herausgezerrt wird. Ist die Figur vollständig abgekühlt, wird sie mit Spritzfarben koloriert. Die Vorteile der Plastikzwerge sind ihr geringes Gewicht und ihre Bruchsicherheit, weshalb sie leicht transportiert und exportiert werden können. Das Loch im Boden der Figur kommt nun gelegen, denn so kann man sie auf einem Stock in den Garten setzen. Der Zwerg fällt dann bei Wind nicht so leicht um; zusätzlich kann man die Figur für mehr Stabilität auch mit Sand oder Kies füllen.

Ein Zwerg für jede Jahreszeit

Heute werden viele Gartenzwerge aus Zement gegossen oder aus Kunststein hergestellt. Sie werden bunt angemalt oder behalten die graue Steinfarbe. Bei bemalten Zwergen, die Wind und Wetter ausgesetzt sind, besteht die Gefahr, dass die Farbe abblättert oder ausbleicht.

Ob auch der Frost der Farbe etwas anhat, ist eine umstrittene Frage – viele Hersteller verneinen dies, doch manche Besitzer holen ihre kleinen Schützlinge dennoch über Winter ins Haus oder decken sie zumindest mit Plastiksäcken ab. Augenzwinkernd sagen die Besitzer dann, ihre Zwerge hielten Winterschlaf. Nicht wenige Zwerge verbringen überhaupt ihr ganzes Leben im Haus, wo sie vor Witterungseinflüssen, Vandalismus und Diebstahl geschützt sind.

Der Kauf eines Gartenzwergs ist oft ein spontaner Entschluss. Man sieht einen Zwerg in einem Gartencenter oder einem Laden, mag ihn auf Anhieb und nimmt ihn mit nach Hause. Die meisten Zwerge lassen sich relativ leicht transportieren und sind erschwinglich.

Das Gärtnern ist nicht nur in Deutschland ein beliebter Zeitvertreib. Die Briten sollen pro Jahr 80 Millionen Pfund in Gärten und Gartenzier stecken, wobei Zwergen-

Oben & rechts
Einst wurden Zwerge wie diese aus Blei gegossen

Rechts & unten
Beispiele für Zwerge aus bemaltem Zement und unbemaltem Kunststein – ein bekannter Anblick in Millionen von Gärten

Zwergenwissen
Die Sammlung im Gnome Reserve in Devon umfasst kleine Bleizwerge, die von der englischen Firma Britain's hergestellt wurden. Britain's war allerdings viel berühmter für ihre kleinen Spielzeuge, vor allem die Bleisoldaten.

figuren einen großen Anteil haben. Das mag daran liegen, dass sie einem Garten quasi auf Anhieb und ohne viel Mühe eine gewisse Atmosphäre verleihen. Der Gärtner kann seinem Garten einen typischen, unverwechselbaren Stempel aufprägen. Damit erklärt sich vielleicht auch die Beliebtheit der Gartenzwerge und anderer Gartenzier in den 20er und 30er Jahren, als außerhalb der großen Städte erste Vorstadtsiedlungen entstanden und zahlreiche Familien dort kleine Gärtchen erwarben.

In Deutschland hatte sich der Wunsch nach Natur bereits im letzten Jahrhundert entwickelt und überall vor den Städten gab es regelrechte Gartenkolonien, deren Parzellen in Verballhornung des Namens des Initiators dieser Bewegung, des Arztes Daniel Gottfried Moritz Schreber (1808–1861), später oft „Strebergarten“ genannt wurden.

LINKS & UNTEN
In Wassergärten stehen oft die buntesten Figuren, doch scheint speziell das Angeln sehr zu ermüden

ERKENNE DEINE ZWERGE

TYPISCHE ZÜGE & FEINE UNTERSCHIEDE

Zwerge gibt es in verschiedensten Größen und in einer Vielzahl von Formen. Die meisten sind 10–45 cm groß, aber es gibt auch größere, ja regelrechte Riesenzwerge von einem Meter. Die Firma Hofmann, führender Hersteller von Plastikfiguren, exportiert massive Ein-Meter-Zwerge mit lockigen, weißen Kinn- und Backenbärten unter den leuchtend roten Zipfelmützen. Sie tragen rote, blaue, grüne oder gelbe Hemden und jeweils komplementär passende Hosen, die von einem Ledergürtel gehalten werden. An den Füßen haben sie schwere Stiefel – aus denen manchmal ein Zeh hervorlugt. Schubkarren sind ein häufiges Accessoire, andere halten Laternen, einen Rechen oder Spaten. Sie haben blaue oder braune Augen, mit denen sie treu zu ihrem Besitzer aufschauen, knollige Stupsnasen, gesunde Pausbäckchen und nie fehlt ihren munteren Gesichtern das freundliche Lächeln.

LINKS
Ein etwas beleibter Freund aus dem Gartenzwergmuseum

UNTEN
Hätschelt er sein Gänslein oder dreht er ihm gerade den Hals um?

UNTEN
Das blaue Vögelchen weiß sich bei diesem Zwerg sicher, schließlich hält er eine große Schale Futter bereit

Zwergenwissen
Im zweiten Stock des Kaufhauses Liberty's in der Regent Street in London steht ein wunderschöner, lebensgroßer Zwerg und schaut hinunter auf das Treiben der Stadt.

UNTEN
Diese kleinen Akrobaten sind lustige Tortendekorationen

Oben

Er mag zwar barfuß sein, aber Ziehharmonika spielt er trotzdem wie ein junger Gott

Rechts

„Big George", der Hochgebildete, mag stark und kräftig aussehen, doch seine hohle Keramikhülle ist sehr zerbrechlich

Links

Nur wenige Leute wissen, dass australische Zwerge mit Vorliebe grüne Mützen tragen

Rechts

In der Fantasiewelt der Zwerge spielen Größenverhältnisse keine Rolle – alles passt zusammen

Zwerge noch und noch

Die Firma Hofmann in Österreich produziert eine eindrucksvolle Vielfalt von Zwergen und anderen Gartenfiguren, die Spiegelbild der Interessen der Käufer sind. Manche Figuren halten eine Spitzhacke, andere eine Sense, eine Sichel oder einen Spaten, wieder andere schieben eine Schubkarre oder zeigen stolz einen gefangenen Fisch, so groß wie sie selbst. Andere sind begabte Musiker und spielen die unterschiedlichsten Instrumente, von der Quetschkommode über die Fiedel bis hin zum Saxophon, einer bläst sogar ein riesiges Alphorn. Es gibt unter ihnen auch Jäger, die mit Gamsbarthut, Krachlederner, Gewehr und Feldstecher auf die Pirsch gehen, während ein anderer es vorzieht, sich still in ein Buch zu vertiefen. Einer hält einen Übertopf für eine Zimmerpflanze, sein Nachbar steht nur da und betrachtet sich mit den Händen in den Hosentaschen den Lauf der Welt: es gibt sogar einen, der auf dem Topf sitzt, sein Gegenüber steht freundlich da und winkt – ob zum Willkommen oder zum Abschied, wer weiß?

Oben
Wie seine Freunde von den Seiten 21 und 23 macht auch dieser Leprechaun am liebsten Musik

Links
Holzhacken gehört für die meisten Menschen der Vergangenheit an, doch viele Zwerge halten noch Äxte

Rechts
Dieser etwas ängstlich schauende Zwerg ist ungemein nützlich, denn sein Karren kann als Übertopf für drinnen und draußen dienen

NIE MIT LEEREN HÄNDEN

Angelnde Zwerge sind ein beliebtes Motiv. Oft tragen sie dabei Gummistiefel und gelegentlich hat einer einen alten Schuh am Haken. Typischerweise aber sind die Zwerge mit Gartenarbeit beschäftigt – und immer haben sie das benötigte Gerät bei sich. Der eine schmaucht gemütlich ein Pfeifchen, andere ziehen einen Krug Bier vor und manche haben so tief in den Humpen geschaut, dass sie an einem Laternenpfahl Halt suchen müssen.

Einige Zwerge zeigen voll Stolz die Früchte ihrer Arbeit, sie halten einen Blumenstrauß, einen mächtigen Blumenkohl oder stehen neben dem Baum, den sie gerade gepflanzt haben. Wieder andere zeigen den Lohn anderer Bemühungen und wiegen ein Zwergenbaby auf dem Arm oder tragen ein Zwergenkind huckepack. Die besonders tierlieben Gesellen halten ein Vögelchen auf der Hand oder streicheln ein Bambi. Neuerdings besonders beliebt ist das Saureiten, das sowohl den Zwergen wie den Schweinen eine Menge Spaß zu machen scheint. Und natürlich darf im Kreis der Zwerge ein Fliegenpilz nicht fehlen. Große Pilze dienen als Häuser, kleinere als Tisch, an dem die Zwerge auch mal einen zünftigen Skat kloppen können. Umgeben sind die Gesellen von allen möglichen Tieren: Rehen und Eichhörnchen, Füchsen, Kaninchen, Hunden und Katzen, Schlangen, Wildschweinen, Schildkröten, Enten, Hühnern und Delfinen.

UNTEN
Fast alle Gartenzwerge haben einen grünen Daumen

LINKS
Ein flotter Ritt auf einem Schwein muss eine tolle Sache sein, meint dieser Zeho-Plastikzwerg

Klein aber
mein

UNGEWÖHNLICHE VARIANTEN

Ein weiterer deutscher Hersteller, Liebermann Gustav in Neustadt bei Coburg, bietet eine ähnlich große Bandbreite an Plastikzwergen und Tierfiguren an. Sie sind billiger und weniger detailreich, doch nehmen einige der kleinen Kerle ungewöhnliche Posen ein. So ist einer dabei, sein Pilzhaus neu zu streichen, während ein anderer mit Sonnenbrille und dicker Zigarre wie ein Generaldirektor faul auf einer Art Sofa liegt. Ein Matrosenzwerg steuert ein Schiff und es gibt auch eine pummelige, sittsame Zwergendame mit blauem Kleid und Perlenkette.

Ein bedeutender Hersteller von Plastikzwergen in Österreich ist die Firma Hofmann in Großraming im romantischen Ennstal in den Alpen. Von den 250 000 Figuren, die jährlich das Werk verlassen, werden 80 Prozent nach USA, in die Schweiz, nach Frankreich und Japan exportiert. „Es gibt so viel Mord und Totschlag in der Welt", sagt Ulrich Hofmann, „vielleicht ist der freundliche, harmlose Gartenzwerg deshalb so beliebt." In seiner Fabrik werden etwa 250 Typen hergestellt und jedes Jahr kommen ein paar neue hinzu. Auf Anfrage werden auch individuelle Zwerge gefertigt, die natürlich nicht billig sind. Österreichische Kunden bestellen mit Vorliebe Zwerge, die wie einer ihrer Nachbarn aussehen.

LINKS
Zwerge sind gesellige Wesen, die sich gern um einen Pilz scharen

Zwergenwissen
Man schätzt, dass es in Österreich weit über eine Million Gartenzwerge gibt. Sie stehen in Gärten, auf Fensterbänken, in Wohnungen sowie Büros – und ihre Zahl nimmt zu. Dennoch ist die Kluft zwischen denen, die sie heiß und innig lieben, und denen, die sie als sentimentalen Kitsch verachten, sowohl auf dem Kontinent als auch in Großbritannien unüberbrückbar.

RECHTS
Dass auch Zwerge mit der Zeit gehen, zeigt dieser muntere Traktorfahrer. Strapazierfähige, abwaschbare Plastikzwerge erfreuen sich bei den Kunden weltweit immer größerer Beliebtheit

FRÖHLICH LÄCHELNDE GESICHTER

IN IHREN AUGEN STEHT'S GESCHRIEBEN

Die Gesichtsausdrücke der Zwerge sind ein Studium wert. Viele lächeln vergnügt und die meisten sehen fröhlich aus. Es sind diese vertrauensvollen, immer fröhlichen Gesichter, die den meisten Menschen so gut gefallen – sie verbreiten Zufriedenheit um sich. Manche Zwerge sehen allerdings nachdenklich aus, ja, gelegentlich gibt es welche, die haben wohl eine Stinklaune oder einen Mordszorn, wieder andere scheinen ganz erschrocken und mitunter ist einer auch bierselig weggetreten oder nicht ganz richtig im Kopf. Die geistige Gesundheit des einen oder anderen Wüstlings unter den Gartenzwergen muss bezweifelt werden.

LINKS
Nicht mal der hartherzigste Autofahrer könnte diesem munter winkenden Tramper die Mitfahrt verweigern

RECHTS
Der Junge hat's faustdick hinter den Ohren

OBEN
Hick – muss wohl eine Maß zuviel gewesen sein

RECHTS
Ziemlich erschrocken und ein bisschen ängstlich schaut er drein

UNTEN
Ungemein lebensecht und intelligent wirkt dieses bebrillte Gesicht

OBEN
Das kleine Mündchen und die Augen lassen das Kerlchen müde erscheinen

OBEN
Schlicht die Unschuld in Person – oder doch nicht?

OBEN LINKS
Steht mir doch gut, die Brille auf der Stirn!

LINKS
Mit leichtem Zweifel in den großen braunen Kulleraugen beschaut sich dieser weise Zwerg die hektische Menschenwelt

UNTEN
Das schelmische und ein wenig schadenfrohe Zwergenlachen dieses naturalistischen Kerls kann man direkt hören. Wahrscheinlich ist er der beste Kegler weit und breit

Made in Britain

Die in Birmingham und Blackburn, Lancashire, ansässige Firma Silver Lynx Products führt jährlich 10 000 Gartenzwerge aus China ein, die unter dem Markennamen *Artline* verkauft werden. Die Figuren sind aus eingefärbtem Plastikharz, das vor Ausbleichung geschützt sein soll. Es gibt gärtnernde, angelnde und musizierende Zwerge, daneben andere Figuren wie Tiere, Vögel, kleine Kinder, Windmühlen, Wetterfahnen, Windräder, Vogelbäder und andere Gartenzier.

Großbritanniens größter Hersteller von Gartenzierrat aus Zement, wozu auch verschiedene Zwerge gehören, ist die Firma Whelan in

Oben
Wie die Armee der 8000 Tonkrieger, die 1974 in China im Grab des Kaisers Quin Shihuang Di gefunden wurden, so scheinen diese Gartenzwerge, Pixies und andere, noch unbemalte Zementfiguren im Hof der Herstellerfirma Whelan in Sheerness eine geheimnisvolle Wacht zu halten

Unten
Einer der großäugigen alten Männer aus der Silver Lynx-Serie

Sheerness, Kent. Sie produziert Vasen und Pflanzgefäße, Tröge und Vogelbäder im klassischen Stil, Sonnenuhren und Tierfiguren, wohlgeformte Nymphen und verspielte Putti. Eine Schneewittchenfigur mit sieben Zwergen sowie zwei Elfen auf einer Schaukel gehören ebenfalls zum Programm. Die meisten Zwerge beschäftigen sich mit für sie typischen Dingen: Sie schieben Schubkarren, schwenken die Gießkanne, machen Musik, lesen Bücher, präsentieren Gemüse und bemuttern Kleintiere. Eine der Figuren liegt faul auf dem Bauch, den Kopf in die Hände gestützt, ein Schmied arbeitet an seinem Amboss, aber es gibt auch Autofahrer und Reiter auf einer grinsenden Schnecke.

RECHTS
Wer sagt denn, dass Zwerge nicht Auto fahren und gleichzeitig fröhlich winken können?

Rechts
Dieser Frechdachs sollte eigentlich alt genug sein, um es besser zu wissen

Rechts
Nicht nur als schamlos outet er sich, modern will er auch noch sein, dieser exhibitionistische Zwerg, der sich im Gartenzwergmuseum in Rot am See zur Schau stellt

Zwerge ohne Benimm

Zwerge sind nicht immer so unschuldig, wie sie scheinen, einige sind sogar ausgesprochen frivol. Whelan bietet einen mächtig gut ausgestatteten Exhibitionisten an, sowie einen Zwerg, der die Hose herunterlässt, um dem Betrachter sein nacktes Hinterteil zu präsentieren (wobei er frech grinsend über die Schulter schaut, um zu

Links
Diese nette, dralle Dame scheint auch schon bessere Tage gesehen zu haben

LINKS
Sagt er: „Ich möcht ja gern – aber ich trau mich nicht" oder doch eher: „Ätsch!"?

sehen, welchen Eindruck er hinterlässt). Es scheint sich um eine ferne Erinnerung an den ägyptischen Gott Bes zu handeln, der die Zunge herausstreckte, um böse Geister und Unglück abzuwehren. In jedem Fall steht solches Betragen nicht im Einklang mit dem Verhalten der traditionellen Brownies, die viel von Anstand, Ordnung, Fleiß und Sauberkeit hielten.

Die aufreizenden bis ordinären Figuren sind eine verhältnismäßig junge Erscheinung in Zwergenkreisen. Obwohl man die Zwerge in der Vergangenheit oft als gefühlsduseligen Kitsch kritisierte, war doch gerade ihre freundlich-friedliche Unschuld beliebt. Bedenkt man aber, wie viele vulgäre Zwerge heute im Angebot sind – und guten Absatz finden –, so besteht offensichtlich in der modernen Gesellschaft Bedarf an ihnen.

Die Menschen gestalten ihren Garten quasi nach ihrem eigenen Bilde. Sie erschaffen eine Harmonie, die das Bild spiegelt, das sie von sich selber haben; sie geben den Werten und Ambitionen Ausdruck, denen sie selbst folgen. Die Tätigkeiten, denen die Zwerge nachgehen, sprechen bestimmte Züge im Charakter derer an, die diese Zwerge erwerben, sie sind Spiegelbilder des idealisierten Selbst – ob sie nun angeln oder gärtnern, musizieren, trinken, einfach nur ausgiebig faulenzen oder den nackten Hintern zeigen.

Unten
Ein Juwel, dieses Haus – ideal für den Zwergensingle

Grösse spielt keine Rolle

Die Frage nach den richtigen Proportionen scheint die meisten Zwergenfreaks nicht zu belasten, sie stellen alles zusammen, was ihnen gefällt. Da mag ein Zwerg ruhig deutlich größer sein als die Windmühle, der Pilz oder das Schweizer Chalet, in dem er wohnt. Fliegen- und andere Pilze können den Zwergen als Tisch oder als Regenschirm ebenso dienen wie als Behausung – komplett mit Tür, Fenstern und Schornstein. Wie groß Pilz und Zwerg dabei sind, spielt keine Rolle – wir befinden uns schließlich in einer Fantasiewelt!

Magische Pilze

Sowohl essbare als auch Giftpilze werden mindestens seit dem 17. Jahrhundert mit dem kleinen Volk assoziiert. Pilze schießen wie aus dem Nichts aus dem Boden, sie haben merkwürdige Formen, ungewöhnliche Farben, scheinen irgendwie nicht recht in die Pflanzenwelt zu passen, sind entweder tödlich giftig oder eine wohlschmeckende und gesunde

Oben
Leuchtendes Rot und weiße Tupfen machen den Fliegenpilz attraktiv, obwohl er giftig ist

Zwergenwissen
In der 1893 von Humperdinck komponierten Oper *Hänsel und Gretel* kommt das Rätsellied vom Männlein im Walde vor, das da still und stumm in seinem Purpurmäntlein auf einem Bein steht. Des Rätsels Lösung lautet freilich nicht Zwerg, sondern: Fliegenpilz. Manche meinen allerdings auch, es sei die Hagebutte gemeint.

Speise – oft sehen sich Vertreter dieser beiden Arten zum Verwechseln ähnlich, wie etwa der leckere Steinpilz und der giftige Satansröhrling –, manche haben sogar die Eigenart, im Dunkeln schummrig zu glühen. Sprießen Pilze in großen Kreisen aus dem Boden, nennt man sie Hexenringe, weil alter Aberglaube diese Ringe mit Hexen und bösen Geistern in Verbindung bringt.

Gartenzwerge wählen sich gern den Fliegenpilz mit seinem roten, weiß gepunkteten Hut als Wohnung, als Regenschutz oder gemütlichen Biertisch.

EINE MÄNNERWELT

Fast alle Gartenzwerge sind Erwachsene männlichen Geschlechts; Zwerginnen und Kinder, gar ganze Zwergfamilien sieht man sehr selten und wenn sie denn auftauchen, dann eher als Touristenattraktion in Vergnügungsparks denn in normalen Bürgergärten.

In den alten nordischen Mythen waren die Zwerge eine reine Männerrasse. Da sie als unsterblich galten, brauchten sie sich nicht fortzupflanzen, hatten also keinen Bedarf an Frauen.

Die Zwerge späterer Traditionen mögen nicht unsterblich gewesen sein, aber sie lebten mehrere Jahrhunderte lang und die Frage, wie sie ihre Zahl konstant hielten, scheint niemanden beschäftigt zu haben. Lediglich in den Schriften des französischen Naturforschers Montfaucon (1655–1741) findet sich die überraschende Feststellung: „Die Erde ist fast bis auf ihren Mittelpunkt von Gnomen erfüllt … Die Gnomiden, ihre Weiber, sind sehr klein, aber sehr angenehm."

Die männlichen Zwerge sind selten jung; sie sind immer von robuster Gesundheit, auch wenn ihre weißen Haare und ihr weißer Bart vermuten lassen, dass sie nicht mehr in der ersten

RECHTS
Die liebliche „Demelza" aus Gnome World

OBEN
Diese zierliche „Gnomette" wurde um 1960 bei Heissner hergestellt

UNTEN
Im Gnome Reserve dienen Pilze als Sitze für Zwergenbabys, die schon gute Musikanten sind

Arbeiter und Faulenzer

Nützliche Helfer oder faule Nichtstuer?

Seit mehr als 100 Jahren sind Gartenzwerge eine bunte Bereicherung von Millionen Gärten weltweit. Kleidung und Aussehen der Zwerge mag sich ändern, doch üblicherweise sind sie willige Arbeiter, die sich im Haus und Garten nützlich machen. Doch wie bei den Menschen, so gibt es auch unter den Zwergen Ausnahmen: ein paar lieben nun mal einfach das süße Nichtstun.

Links
Völlig versunken in seine spannende Lektüre ist dieser junge Zwerg, da ist die Welt der Arbeit vergessen

Oben
Ganz offensichtlich liebt dieser Schmied seine Arbeit

Unten
Schon zur Stelle ist dieser freundliche Helfer mit seiner rustikalen Schubkarre

RECHTS
Angeln – das liebste Hobby der Gartenzwerge

AUSSEN RECHTS
Sehr menschlich – mit der Hand in der Hosentasche anderen bei der Arbeit zusehen

LINKS
Das Schmieden ist eine traditionelle Tätigkeit der Zwerge, schon die mythischen Vorfahren verstanden sich auf diese Kunst

UNTEN
Rasenmähen ist harte Arbeit

LINKS
Pfeife rauchen ist erlaubt – am Feierabend

OBEN
Warum arbeiten, wenn man genauso gut schlafen kann?

Mannesblüte stehen. Vielleicht ist das der Grund, weshalb sie keine besseren Hälften brauchen. Möglicherweise aber halten sie ihr Weibervolk auch nur einfach gut versteckt. Jedenfalls spielen weibliche Gartenzwerge erst in jüngster Zeit eine gewisse Rolle. Noch 1962 war eine von der Bild-Zeitung initiierte Kampagne, einen allgemein akzeptierten weiblichen Gartenzwerg zu schaffen, ein absoluter Flop.

Arbeit ...

Obwohl einige Zwerge nur faul herumliegen oder -stehen, sind die meisten doch in der einen oder anderen Weise tätig oder versuchen zumindest alles, um diesen Anschein zu erwecken. Obgleich die Zwerge der Mythen nach zumeist Bergleute waren, gibt es heute nur noch wenige, die an ihren Werkzeugen erkennen lassen, dass sie dieser alten Zwergentätigkeit nachgehen. Heute sind ihre Lieblingsbeschäftigungen Gärtnern und Angeln. Manche Zwerge tragen Gießkannen oder halten den Gartenschlauch und viele Menschen sind daher überzeugt, die Zwerge

Links
Dieser Hirte hat seine Herde in liebevoller Obhut

Unten
Die Quetschkommode ist beliebtes Zwergeninstrument – auch bei Porzellanzwergen, die nicht im Garten stehen

Unten
Seit den 40er Jahren trommeln und bassgeigen diese zwei Musikanten

besäßen ein besonders ausgeprägtes Umweltbewusstsein und stünden der weltweiten Bewegung der *Grünen* nahe.

Gelegentlich begegnet man einem Postboten unter den Zwergen, doch im Allgemeinen schlagen Versuche, Zwerge in die normale Arbeitswelt zu integrieren, fehl, weil sie nicht mit der Vorstellung von einer idealen Welt übereinstimmen, in der es die langweilige Routine der Alltagsjobs nicht gibt.

LINKS
Das Wandern ist nicht nur des Müllers, sondern auch der Zwerge Lust

OBEN
Nie war eine Zusammenkunft von Politikern so bunt wie diese

… FREIZEIT

Zwerge werden durchweg als tierlieb dargestellt und selbst wenn einer stolz den riesigen Fisch präsentiert, den er gerade geangelt hat, so weiß man doch, dass er ihn wieder ins Wasser werfen wird, sobald alle seinen tollen Fang bewundert haben. Die Musizierfreude der Zwerge ist wiederum Ausdruck ihres Harmoniebedürfnisses und ihre Freude am Wandern oder Bergsteigen – meist ein Gruppenvergnügen – zeigt die soziale Ader der Wichte. In manchen Vorgärten steht ein Zwerg mit einer Laterne, der einen willkommen heißt oder einem im Dunkeln leuchtet (es gibt aber Zyniker, die sich fragen, ob der Kerl einen nicht, wie einst die Pixies, zu seinem heimlichen Vergnügen in die Irre leiten will).

… UND SPIEL

Sehr verspielt sind Zwerge nicht – selten, dass man drei von ihnen bei einem zünftigen Skat sieht. Ein paar Runden im Schweinsgalopp zu drehen, scheint allerdings ein großer und beliebter Spaß zu sein. Die ruhigeren unter den Zwergen ziehen es stattdessen vor, auf einer Gartenschaukel gemütlich hin und her zu schwingen.

BERÜHMTE GESICHTER

Es mag überraschen, aber Zwerge, die die Gesichter berühmter Persönlichkeiten tragen, sind kein Verkaufsschlager. Vielleicht, weil sie die reale Welt so unerwünscht nahe bringen. 1969, nach der geglückten Mondlandung der Amerikaner, kamen Astronautenzwerge auf den Markt, aber nur wenige Kunden zeigten Interesse. Auch für Zwerge mit den Gesichtern von Adenauer, Kohl, Strauß oder John Major können sich weder Kontinentaleuropäer noch Briten erwärmen.

UNTEN
Diese beiden Gesellen befinden sich im Garten von Terry Major-Ball, dem Bruder John Majors

BESCHEIDENE ANFÄNGE

John Major, der frühere britische Premier, hat allerdings eine andere Verbindung zu den Zwergen, nämlich durch den von seinem Vater eröffneten Familienbetrieb. Der 1879 geborene Abraham Thomas Ball hatte einen großen Teil seiner Kindheit in Amerika verbracht, wohin seine Eltern ausgewandert waren. Zusammen mit ihnen nach Walsall zurückgekehrt, riss er bald von zu Hause aus und schloss sich einem Zirkus an, wo er viele Jahre als Varieteekünstler, Clown, Akrobat, Sänger und Tänzer arbeitete und sich auch den Künstlernamen Tom Major zulegte. Noch vor dem Zweiten Weltkrieg setzte er sich zur Ruhe und eröffnete mit seiner zweiten Frau ein Geschäft für Gartenzierrat. Der Augenblick war gut gewählt, denn überall entwickelten sich Vorstädte mit kleinen Häuschen, zu denen Gärten gehörten; und jeder wollte seinem Garten eine persönliche Note verleihen.

Das Geschäft ging so gut, dass Tom Major zwei Werkstätten eröffnen konnte, in denen neben Figuren von Nymphen und Tieren wie Wildschweinen, Eichhörnchen, Enten, Fröschen, Hunden sowie Kaninchen auch Gartenzwerge gestaltet wurden, für die er die Originalmodelle selber herstellte. Seine Zwerge trugen leuchtend rote Mützen, grüne Jacken und braune Hosen und hatten graue, von weiß und schwarz durchsetzte Bärte. Neben dem Direktverkauf vergab Major auch Lizenzen an große Warenhäuser wie etwa Betall's in Kingston upon Thames.

Der Krieg bereitete dem blühenden Unternehmen ein jähes Ende, denn an Gartenzierrat hatte niemand Bedarf. Erst 1945 konnte Major das Geschäft wieder neu eröffnen, aber die Anfänge waren schleppend, es fehlte an Geld und der nötigen Nachfrage. 1955 übersiedelte die Familie nach Brixton und Terry Major-Ball, Johns älterer Bruder, setzte den Handel mit Gartenzierrat von einer Werkstatt in Camperwell aus so gut er konnte fort. 1959 kaufte Commander David von Davids Rural Industries das gesamte Major's Garden Ornaments genannte Unternehmen auf und behielt Terry als Angestellten. Auch der junge John Major arbeitete ein oder zwei Jahre in dem Geschäft, ehe er sich auf den Weg begab, der ihn schließlich in die Downing Street führen sollte.

Tom Major starb 1962. Obwohl er Hunderte von Zwergen hergestellt und verkauft hatte, können heute nur noch sehr wenige von ihnen ausfindig gemacht werden.

LINKS
Steinerne Gartenzwerge gehörten zum Repertoire des Familienunternehmens der Majors

WERTLOSER KITSCH?

Zugegeben, als Sammler- und Auktionsstücke sind Gartenzwerge kleine Fische. Mögen sie für ihre Besitzer von noch so hohem emotionalem Wert sein, Geld bringen sie wenig. Selbst für die älteren, würdiger aussehenden Keramikzwerge kommt in den großen Auktionshäusern nur lauwarme Begeisterung auf – doch auch hier bestätigt die Ausnahme die Regel.

Der letzte überlebende Zwerg aus Sir Charles Ishams Lamport-Hall-Sammlung soll für eine Million Pfund versichert sein. Das ist natürlich nur ein werbewirksamer Gag; bei einer Auktion würde er diesen Preis niemals erbringen, doch immerhin wurde ein Satz von zehn Sandsteinfiguren aus dem 18. Jahrhundert in *Miller's Guide* mit 5000–6500 Pfund bewertet, während andere hoch in den Hunderten rangieren, darunter die beiden auf Seite 37 dieses Buches abgebildeten Figuren, die mit 750–1500, respektive 500–600 Pfund beziffert werden.

Bei Christie's soll 1989 eine Zehnergruppe für 1650 Pfund den Zuschlag bekommen haben und kürzlich erst soll bei Sotheby's ein deutscher Zwerg aus der Zeit um 1910, der Meerschaumpfeife rauchend einen Rechen hält, auf 200–400 Pfund geschätzt und nahe dem letzteren Betrag verkauft worden sein.

Dennoch ist Christie's an Gartenzwergen nicht mehr interessiert, und auch James Rylands, bei Sotheby's Leiter der Abteilung Gartenmöbel und Gartenstatuen, möchte bei seinen Auktionen keine Zwerge dabei haben, weil sie durch ihre bloße Anwesenheit die anderen Angebote angeblich trivialisieren und abwerten.

OBEN
Dieser in die Zeit zwischen 1900 und 1920 datierte Zwerg auf der Gartenschaukel wurde 1997 in Miller's Guide auf 500 Pfund geschätzt. Links daneben ein älteres Exemplar

Geschätzter Besitz

Wie nicht anders zu erwarten, gehören eigentlich nur die Zwerge aus den alten Manufakturen zu den wirklich wertvollen Stücken. Unter diesen sind besonders die Porzellan- und Keramikmodelle hervorzuheben, wie sie beispielsweise die Firma Heissler in Gräfenroda produzierte oder Ludwig Möller im nahen Erfurt. Diese Figuren wirkten verblüffend lebensecht und hatten stark ausgeprägte, persönliche Charakterzüge, auch wenn sie den mehr oder weniger traditionellen Zwergenbeschäftigungen nachgingen.

Links & oben rechts
Typische Beispiele aus dem Werbekatalog von Ludwig Möller, Erfurt, der gegen Ende des letzten Jahrhunderts eine breite Palette von Zwergen anbot

Oben
Auch der Katalog der Firma Heissner umfasste ein breites Angebot

Ein Zwerg eigener Herstellung

Warum sollten Sie sich mit einem gekauften Feld-, Wald- und Wiesenzwerg zufrieden geben, wenn Sie anhand vorgefertigter Gussformen ihre eigenen Zwerge kreieren können. Ihr Nachbar wird blass vor Neid und Sie brauchen kaum mehr als ein wenig handwerkliches Geschick und ein bisschen Fantasie.

Wir machen einen Gartenzwerg

Mit Hilfe einer Latexform, Sand, Zement und ein paar Geräten, die sich in jedem Haushalt finden, kann man seinen nach eigenem Geschmack bemalten und dekorierten Zwerg herstellen. Arbeiten Sie an gut belüfteter Stelle auf dem Fußboden. Günstig ist auch ein wenig Hilfestellung von einer zweiten Person. Wärme beschleunigt den Trocknungsprozess. Tragen Sie zum Schutz Ihrer Hände Gummihandschuhe oder cremen Sie die Hände gut ein. Legen Sie viele alte Zeitungen bereit, denn ein wenig Dreck lässt sich nicht vermeiden. Fließendes Wasser in erreichbarer Nähe ist wünschenswert und lesen Sie sämtliche Anweisungen erst gründlich durch, ehe Sie loslegen.

Sie benötigen:

Latexgießform
(Gibt es bei einigen Gartenzwerg-herstellern)
Handschuhe/Handcreme
Scharfer Sand
Zement
Wasser
(vorzugsweise fließendes Wasser in der Nähe)
Hartfaserplatte (3 mm)
Holzleisten
Eimer
(höher als die Latexform)
Plastikschüsseln
Spülmittel
Cutter/Teppichschneider
Stichsäge (evtl.)
Spachtel
Polyurethan- oder anderer Grundierlack
Polyfill oder andere Spachtelmasse
Farben und Pinsel
Palette zum Farbmischen
Holzstäbchen
Schwämme
Lappen, Tücher
Pflanzkelle (evtl.)
Klebeband
Alte Zahnbürste (evtl.)

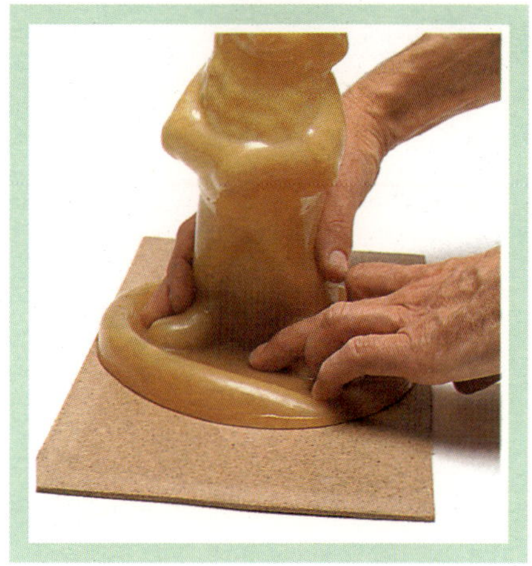

1 Zuerst machen Sie eine Halterung für die Form. Die Form in Wasser einweichen, dann auf ein Stück Hartfaserplatte setzen (diese muss stark genug sein, die mit Zement ausgegossene Form zu halten), fest aufpressen, um den Umriss der Fußlinie zu übertragen. (Diesen Schritt auslassen, wenn Sie die Figur mitsamt runder Standplatte ausgießen.)

2 Die Umrisslinie mit ein paar Millimetern Spiel nachzeichnen, dann vorsichtig mit einer Stichsäge oder einem Cutter ausschneiden.

3 Den Eimer zur Hälfte mit scharfem Sand füllen, in der Mitte eine Mulde für die Form eindrücken. Die Form innen nass machen, in die Halterung einpassen und auf zwei Holzleisten über den Eimer hängen.

4 In einer Plastikschüssel zwei Teile scharfen Sand mit einem Teil Zement gut durchmischen. Unter Rühren langsam Wasser zufügen, bis die Masse einer dickflüssigen Paste gleicht. Es erfordert ein wenig Übung.

5 Die Masse sollte gut gießfähig sein; ist sie zu dick, verteilt sie sich nicht in die Rillen der Form, ist sie zu dünn, bleibt sie weich. Schütten Sie einen Teil der Zementmischung vorsichtig in die Form.

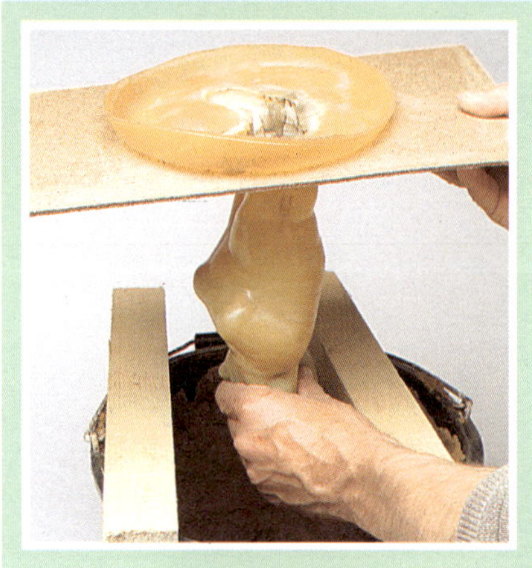

6 Die Form drücken und schütteln, um Luftblasen zu entfernen. Umgeben Sie die Form außen mit mehr Sand, dabei darauf achten, dass die Form nicht gequetscht wird.

7 Die Form mehrmals aufklopfen, damit die Luftblasen entweichen, mit einem Holzstäbchen tief einstechen, um eingeschlossene Luft herauszulassen. Bis zur Oberkante der Füße auffüllen oder, falls gewünscht, auch die runde Standplatte. Den Guss an einem warmen Ort austrocknen lassen.

8 Nach der Trocknung den Sand rund um die Form entfernen, zunächst mit den Händen, dann mit der Gartenkelle.

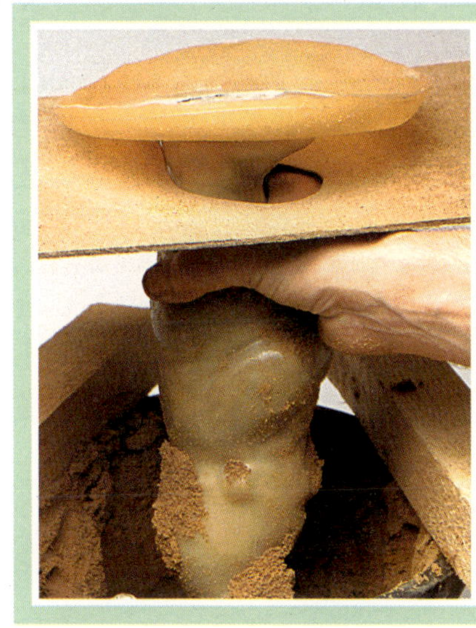

9 Vorsichtig die Form aus dem Eimer heben, den Sand abbürsten und die Form mit Seifenwasser abspülen. Dies erleichtert das Entfernen der Form.

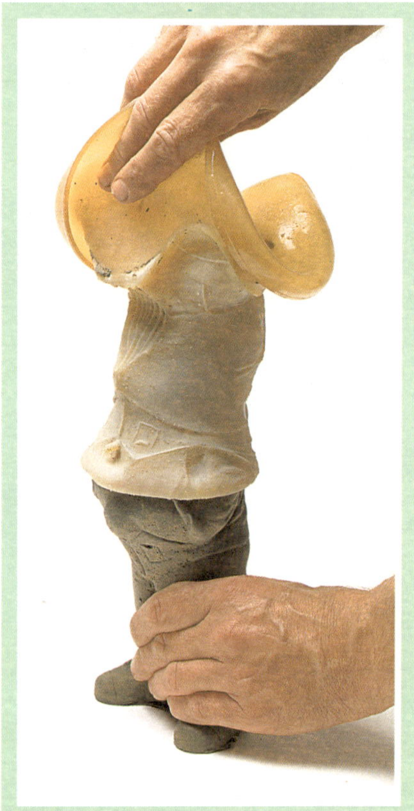

10 Langsam und vorsichtig – das Latex ist etwas glitschig – die Form von der Figur lösen. Dabei die Figur unten gut festhalten und die Form nach oben wegziehen, wobei sich das Innere nach außen stülpt. Ist der Zement noch zu feucht, bricht die Gussform.

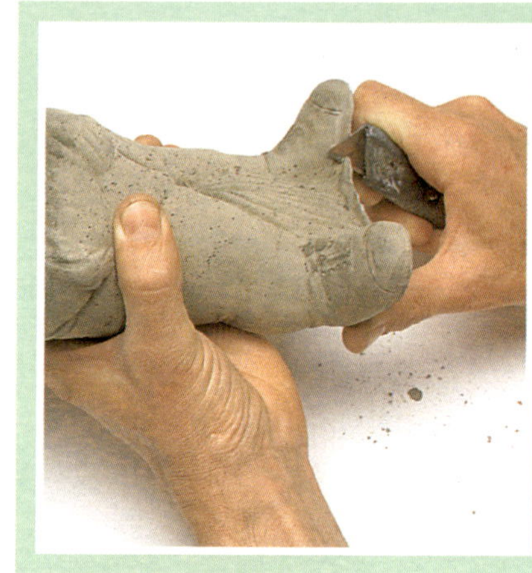

11 Den scharfen Grat zwischen den Füßen mit einem Cutter wegschaben, die Figur vollständig trocknen lassen. Inzwischen mit einem Schwamm oder einer Zahnbürste alle Sand- und Zementreste aus der Latexform entfernen und alle Seifenreste gründlich abspülen.

12 Die Figur wird sicher winzige Luftlöcher oder andere kleine Mängel aufweisen. Größere Löcher mit Polyfill oder anderer geeigneter Spachtelmasse auskitten.

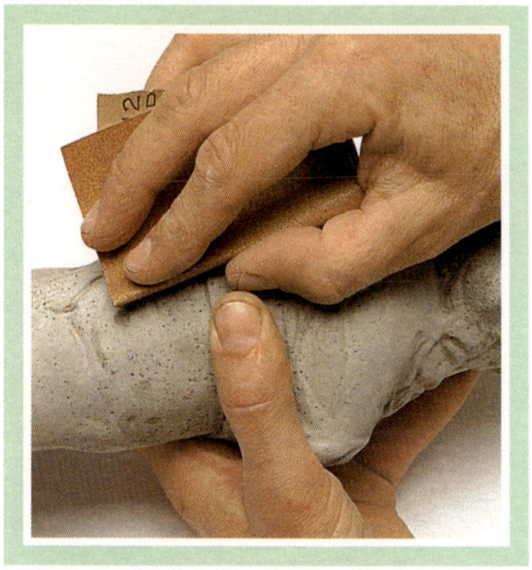

13 Die ganze Figur gründlich mit Schmirgelpapier abreiben, um alle rauhen Stellen auszugleichen.

14 Polyfill auf einen Schwamm geben und kleinere Löcher und Unebenheiten damit ausstreichen.

Problemlösungen

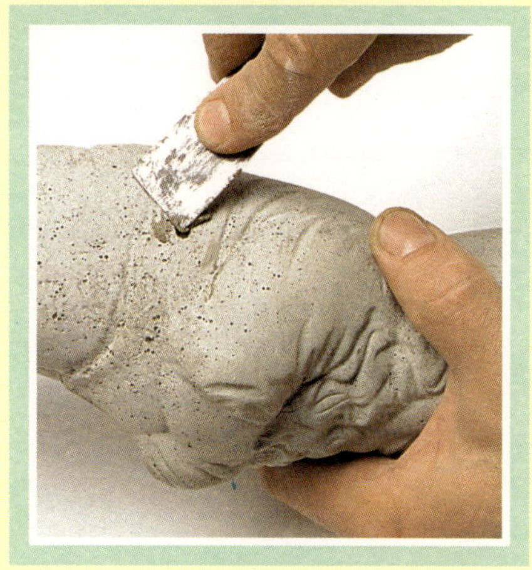

A Hat die Figur, weil die Mischung zu weich war, viele große Luftlöcher, so schmieren Sie sie mit einem schmalen Spachtel oder einer alten Messerklinge mit geeigneter Spachtelmasse zu.

B Ist beim Abziehen der Form ein Unglück passiert, so ist das kein Grund zum Verzweifeln. Hier sind dem Zwerg beide Füße abgebrochen, doch Abhilfe ist rasch und einfach möglich.

C Rühren Sie nach Packungsanweisung etwas Epoxidharzkleber an, tragen Sie ihn auf die Bruchflächen auf und pressen Sie die Teile fest zusammen. Ausquellenden Kleber entfernen, Teile eventuell mit Klebeband fixieren.

D Wenn die Klebung fest ist, verbliebene Lücken und Löcher mit Hilfe eines Spachtels, Messers oder Schwamms mit Polyfill auskleiden.

Falls Sie Lack- oder Emaillefarben verwenden, tragen Sie sie direkt auf die zu bemalende Oberfläche auf. Acrylfarben sind leuchtender, in größerer Vielfalt zu haben und leichter zu mischen; sie müssen mit Wasser verdünnt werden.

15 Versiegeln Sie die ganze Figur mit Klarlack, ehe Sie sie bemalen. Vergessen Sie die Unterseite der Füße nicht. Soll die Figur im Freien stehen, müssen die bemalten Flächen wasserdicht sein.

16 Machen Sie sich eine Skizze, auf der Sie vermerken, welche Teile welche Farbe erhalten sollen. Beginnen Sie mit großen Flächen und lassen Sie jede Farbschicht erst gründlich trocknen, ehe Sie eine neue auftragen oder eine weitere Farbe hinzufügen.

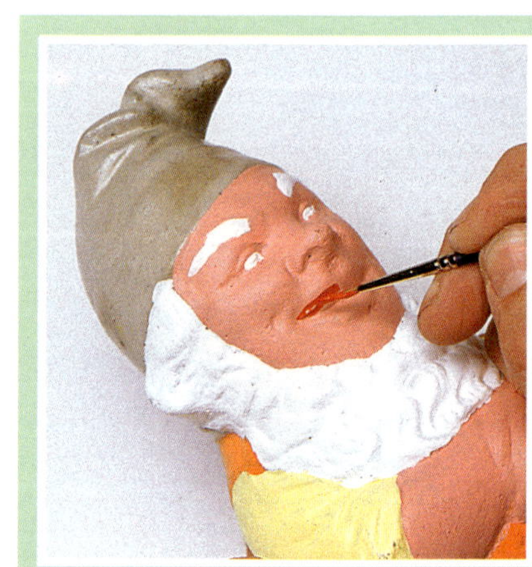

17 Erst wenn die großen Flächen bemalt und die Farben gut getrocknet sind, beginnt man mit dem Kolorieren der Details. Besonders das Gesicht muss man sorgfältig und mit ruhiger Hand angehen.

18 Für die großen Flächen genügen zwei Lagen Farbe. Da Sie an keinerlei Konventionen gebunden sind, können Sie für Kleidung, Mütze und Schuhe jede beliebige Farbkombination wählen.

19 Für die Augen sollte man einen feinen Pinsel nehmen und die Farbe vorher gut abstreichen. Zu klein geratene Augen zu vergrößern ist kein Problem. Im Notfall muss man die Farbe trocknen lassen, neu mit Weiß überstreichen und einen weiteren Anlauf nehmen.

20 Schauen wir uns das Ergebnis an, so scheint es recht gelungen, lediglich die Lippen sind etwas zu füllig geraten. Es ist eben noch kein Meister vom Himmel gefallen!

Thema mit Variationen

Es ist verblüffend, wie unterschiedlich dieselbe Grundform wirken kann, wenn man sie verschieden koloriert. Schon dünnere Lippen und größere Augen können die ganze Figur verändern, Einfarbigkeit kann ihr geradezu Eleganz verleihen.

1 Um einen interessanten Effekt zu erzielen, bemalen Sie die ganze Figur zunächst von oben bis unten mit mattschwarzer Farbe auf Ölbasis.

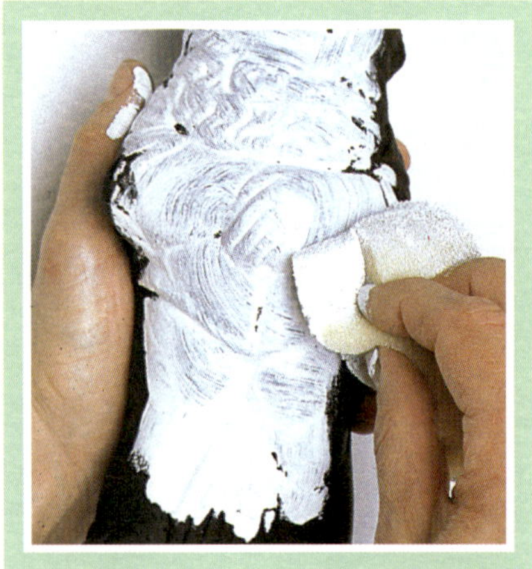

2 Ist die schwarze Lage getrocknet, die ganze Figur mit weißer Dispersionsfarbe einstreichen.

3 Rasch den Überschuss der Farbe mit einem Tuch abwischen, dabei die Farbe vor allem in den Ritzen belassen. Die fertige Figur erinnert mit ihrem silbrigen Schimmer an alte Bleifiguren.

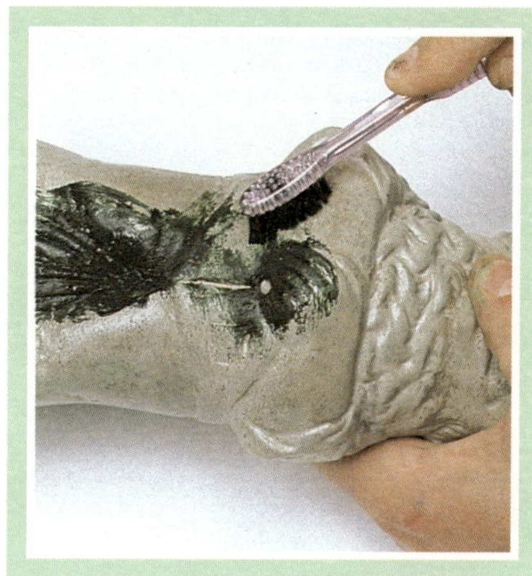

1 Sehr edel und antik wirkt diese grüne Variante. Die ganze Figur wird rundum mit grüner Acrylfarbe bemalt. Zur tiefen Kolorierung der Ritzen verwendet man eine alte Zahnbürste.

2 Solange die Farbe noch feucht ist, allen Überschuss von den großen Flächen mit einem Tuch abwischen, dadurch ergibt sich der leicht nach Grünspan aussehende Effekt.

1 Auch dieser Anstrich ist sehr effektvoll. Nachdem die Figur wie gehabt mit Klarlack versiegelt wurde, bemalt man sie mit mehreren Lagen Goldfarbe. Jede Lage muss gut getrocknet sein, ehe man die nächste aufträgt.

2 Ist die letzte Lage getrocknet, überstreicht man mit zwei Lagen mattschwarzer Ölfarbe, die erste Lage wiederum zunächst trocknen lassen.

3 Solange die zweite schwarze Farbschicht noch feucht ist, einen Teil der Farbe mit einem Schwamm abwischen. Die trockene Oberfläche mit einem Staubtuch polieren, um einen Goldbronzeeffekt zu erzeugen. Stellt man die Figur im Haus auf, ist ein Klarlacküberzug verzichtbar.

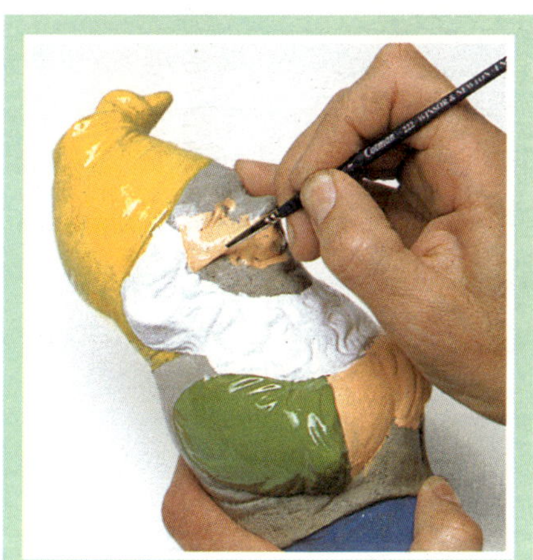

1 Diese bunte Variante zeigt, wie unterschiedlich die Wirkung sein kann, wenn das Gesicht feinere Züge bekommt. Es wurden Emaillefarben verwendet; die Lippen sind schmal gehalten, die Augen mit einer feinen Wimpernlinie hervorgehoben.

2 Scheuen Sie nicht vor kräftigen Farben und gewagten Kombinationen zurück, sie können durchaus wirkungsvoll sein, wie sich an dieser Figur zeigt.

Reparatur und Pflege

Viele Besitzer von Gartenzwergen haben das eine oder andere geliebte Exemplar, das unter dem Einfluss von Wind und Wetter gelitten hat. Da sich niemand gern von lieben Freunden trennt, wollen wir Reparaturmöglichkeiten vorstellen.

An dieser Keramikfigur ging der Mützenzipfel verloren und die Farbe ist teilweise abgeblättert.

1 Zur Rekonstruktion des Mützenzipfels verwenden wir nach Packungsanweisung angerührte Spachtelmasse, die mit einer Messerklinge aufgetragen und in Form modelliert wird.

2 Besonders viel Sorgfalt ist für kleine Stellen nötig, wie etwa die abgeblätterte Nasen- und Wangenpartie.

3 Man verwendet leicht zu viel von der Spachtelmasse. Ist dies passiert, einfach den Überschuss abwischen, ehe die Masse härtet, oder später wegkratzen und schmirgeln.

4 Die Füllmasse trocknen lassen, dann alle ausgebesserten Stellen mit Schmirgelpapier sorgfältig glätten. Zum Ausschleifen der Rillen den Knickfalz des zusammengelegten Schmirgelpapiers verwenden.

5 Die restaurierten Stellen können jetzt mit passenden Farben übermalt werden.

6 Ist der Originalfarbton schwierig zu treffen oder sind große Flächen zu füllen, sollte man die ganze Figur neu übermalen. Unserem kleinen Freund hat die Reparatur sichtlich gut getan. So wird er noch manchen Sommer im Garten genießen.

1 Hier ist eine Steinfigur durch einen unglücklichen Sturz vom Sockel gebrochen.

2 Säubern Sie die Bruchstellen mit einem Pinsel von allem Steinstaub und streichen Sie sie mit Epoxidharzkleber ein. Pressen Sie die Teile fest aufeinander und wischen Sie austretenden, überschüssigen Kleber sofort ab.

3 & 4 Umwickeln Sie die Figur vorsichtig, aber fest mit Klebeband, damit die Teile fest aufeinander gepresst bleiben, bis der Kleber härtet. Geben Sie der Sache ein paar Stunden Zeit. Das Klebeband entfernen, die Bruchstelle leicht aufrauhen und passend neu übermalen.

Profis am Werk

Nachdem wir selbst einen Zwerg aus Zementmasse hergestellt haben, wollen wir den Profis vom Gartenzwergmuseum in Rot am See (Seite 106–108) bei der Herstellung eines Keramikzwergs über die Schulter schauen. Sie brauchen dazu eine zweiteilige Gipsform, die mit einer Metallklammer zugehalten wird, sowie aus Ton und Wasser angerührten Gießschlick.

Wie Sie sehen werden, unterscheidet sich dieser Prozess nur wenig von unserem Eigenbau.

1 Die Gipsform wird mit Gießschlick ausgegossen, der von außen nach innen härtet. Sowie die äußerste Schicht fest ist, wird der innere Gießschlick wieder ausgegossen, es bildet sich eine Hohlform, wie man sie hier nach Abnahme der oberen Hälfte der Gipsform sieht.

2 Auch von dem Schwein wird auf gleiche Weise eine Hohlform hergestellt – und zwar Vorder- und Hinterteil getrennt.

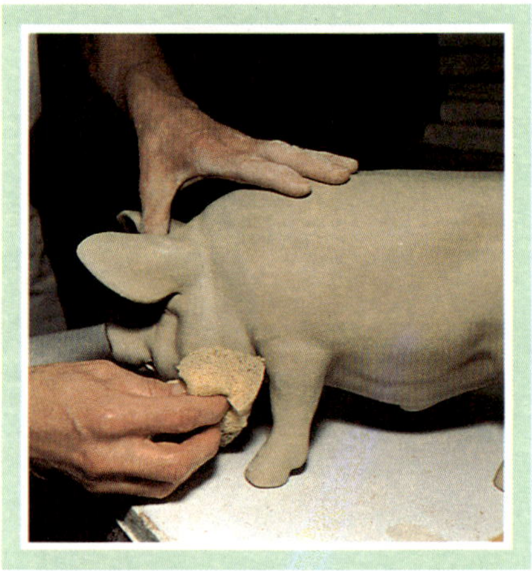

3 Sämtliche vorgeformten Teile werden mit einem feuchten Schwamm sorgfältig und vorsichtig geglättet.

4 Die Schweinehälften und der Zwerg werden mit Ton zusammengefügt. Sämtliche Fugen werden sorgfältig verschmiert, dann wird die Figur bei 1000° C gebrannt.

5 Die gebrannte Figur wird liebevoll von Hand in leuchtenden Farben bemalt; eine Arbeit, die vorrangig von Frauen in der Fabrik oder in Heimarbeit erledigt wird.

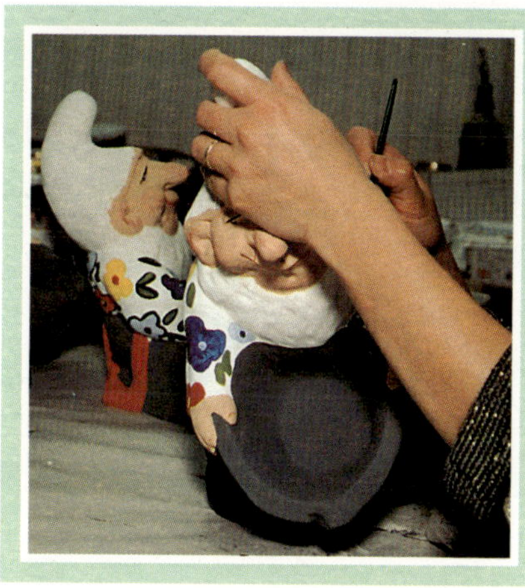

6 Hier zeigt sich der Zwerg von Seite 69 in der letzten Phase der Fertigstellung. Die geblümte Jacke ist schon fertig, noch fehlt die rote Mütze.

7 Ganz zum Schluss bekommen die Figuren einen Überzug aus wetterfestem, hartem Klarlack, denn sie sollen ja möglichst viele Sommer lang im Garten dem Einfluss der Elemente trotzen können.

SICHER UND VERSICHERT

Nachdem Sie ein paar Zwerge käuflich erworben oder auch einige selbst hergestellt haben, möchten Sie natürlich, dass den kleinen Lieblingen möglichst nichts geschieht. Ängstliche Zwergenbesitzer sind längst dazu übergegangen, ihre Figuren nur im Hintergarten aufzustellen. Die Schaustellung im Vorgarten, wo jeder die Figuren von der Straße aus sehen und dumme Mitmenschen ihnen durch Steinwurf oder anderweitig Schaden zufügen oder sie auch schlicht geklaut werden können, nimmt deutlich ab.

Das sind allerdings nicht die einzigen Gefahren, die den putzigen Kerlchen drohen. Auch an Stellen, wo sie vor Vandalismus und Diebstahl geschützt sind, kann ihnen ein Unglück zustoßen. Bei einem schweren Hagelsturm können sie Schaden nehmen, es kann ihnen ein morscher Ast auf den Kopf fallen, bei Sturm vom Dach gefegte Ziegel können sie treffen, ja sogar tiefgefrorene Hinterlassenschaften aus Flugzeugen sollen schon wie Geschosse vom Himmel gefallen und Gartenzwerge tödlich getroffen haben. Schließlich können auch eigene sowie fremde Kinder und Haustiere eine Gefahr für die kleinen Gesellen darstellen.

Nun kann man sich heute fast für und gegen alles versichern lassen und auch Gartenzwerge können unter Umständen einen gewissen Versicherungsschutz genießen, besonders wenn es sich um wertvolle, alte Stücke handelt. Doch könnte es natürlich sein, dass die Versicherung dann darauf besteht, dass die wertvollen Stücke in die größere Sicherheit des Hauses geholt werden.

Ob die normalen Gartenzwerge und anderer Gartenzierrat einschließlich Gartenmöbeln und Hollywoodschaukel mit der ganz normalen Hausratversicherung abgedeckt sind, können Sie bei Ihrer jeweiligen Versicherungsgesellschaft erfragen. Wenn Sie eine neue Versicherung abschließen, erkundigen Sie sich, wie die einschlägigen Konditionen aussehen.

Ist durch Fremdeinwirkung, etwa durch die Kinder oder Haustiere Ihrer Nachbarn oder Freunde ein Zwerg zu Schaden gekommen, tritt gegebenenfalls deren Haftpflichtversicherung in Vorlage – sofern der Schaden nicht wegen Geringfügigkeit lieber im Zuge gegenseitigen Einvernehmens geregelt wird.

Zwergenwissen
Wenn man den jüngsten Berichten aus den USA Glauben schenken darf, hat sich die Situation der Zwerge in puncto Sicherheit dort in ihr Gegenteil verkehrt. Die Zwerge sind nicht länger die Bedrohten, vielmehr sind sie es, die die Häuser vor Einbruch und Diebstahl sichern. Sie werden nämlich ganz einfach mit Überwachungskameras und Alarmanlagen ausgestattet oder mit solchen verbunden. Sie haben also zu ihrer alten Aufgabe, vor Unglück und Bösem zu schützen, zurückgefunden. Selbstverständlich gibt es auch längst Zwerge mit einem eingebauten Tonband, die den Besucher begrüßen, ja sogar kleine Botschaften ausrichten, etwa dass die Familie hinterm Haus am Pool anzutreffen sei.

DER GARTENZWERG ALS INSPIRATION

Zu den liebenswertesten Qualitäten der Zwerge gehört ihre Fähigkeit, die Fantasie anregen zu können. Indem sie die in fast jedem Erwachsenen schlummernde Kinderseele ansprechen, erwecken sie eine kreative, unbeschwerte Lust an der Albernheit.

IM REICH DER FANTASIE

SEIT BEGINN DER 60ER JAHRE STELLT Alan Quarterman für die Gnome World in Indian Queens in Cornwall Gartenzwerge aus Zement her. Er erinnert sich an einen Kunden, der seinem Zwerg den Namen Cedric gab. Eines Tages kam er zusammen mit Cedric wieder, denn Cedric, nicht der Kunde, sollte sich einen Freund aussuchen. Selbstverständlich fand er einen. Andere Kunden haben hochoffizielle Hochzeitsfeiern für ihre Zwerge veranstaltet, an denen sie in Festkleidung, einschließlich Frack und Zylinder, teilnahmen.

Die Fähigkeit, die Fantasie anzuregen, ist der Schatz, nach dem die meisten Menschen bei den heutigen Nachfahren des kleinen Volkes suchen. Die Besitzer geben den Zwergen oft Namen, erfinden Erlebnisberichte, als wären die Figuren lebendig. Sie spekulieren, was die Kerlchen tun, wenn kein menschliches Auge auf ihnen ruht. Ja, sie nehmen sie mit ins Bett und reden mit ihnen, wenn sonst keiner zuhört – dabei wissen sie ganz genau, dass es sich im Grunde um seelenlose Gegenstände aus der Massenproduktion handelt.

ELEMENTAR, MEIN LIEBER WATSON

Ein sprechendes Beispiel für das große religiöse Bedürfnis, das der Faszination für die Feenwelt zugrunde liegt, ist der englische Schriftsteller Sir Arthur Conan Doyle (1859–1939), der berühmte Schöpfer des erzrationalen, immer logisch denkenden Detektivs Sherlock Holmes und seines eher biederen Helfers, Dr. Watson.

Doyle, der zunächst Medizin studiert, als Arzt aber keinen Erfolg hatte, war ein überzeugter Katholik, ehe er Atheist und dann ein geradezu fanatischer Spiritist wurde.

Die bei seiner Kunstfigur so hervorstechenden Qualitäten gingen ihm persönlich ab, wie sich 1917 an einem exemplarischen Fall zeigte. In jenem Jahr nämlich berichteten die damals 13-jährige Elsie Wright und ihre 10-jährige Cousine Frances Griffiths ihren ungläubigen Familienangehörigen, sie hätten im Garten kleine Feen tanzen sehen, ja, sie hätten sogar mit ihnen gespielt und sie auch fotografiert. Elsies Vater, der die Negative entwickelte und tatsächlich handgroße Elfenwesen mit Schmetterlingsflügeln darauf entdeckte, war skeptisch. Elsies Mutter aber erwähnte die Bilder bei einer der spiritistischen Sitzungen, die sie zu besuchen pflegte, und so hörte auch Doyle davon. Er hielt die Fotos für unwiderlegbare Beweise dafür, dass Geister sichtbare Formen annehmen können, was wiederum die Behauptung der Medien stützte, sie könnten bei ihren Seancen die Geister der Toten beschwören. Doyle ließ die Fotos bei Kodak überprüfen; dort machte man große Zweifel geltend, konnte eine Fälschung aber nicht beweisen. 1921 begab sich ein Hellseher mehrmals zusammen mit den Mädchen zur bewussten Stelle im Garten und behauptete danach, er

LINKS
Eine überraschend große Zahl von an sich sehr rationalen Menschen glaubt fest an Elementargeister

habe verschiedene Elementargeister gesehen. Ein Jahr darauf veröffentlichte Doyle ein Buch mit dem Titel *The Coming of the Fairies*, in dem er für die Echtheit der Fotografien einstand. Nun waren die Mädchen in der Zwickmühle; mit der Wahrheit herauszurücken, hätte bedeutet, den großen Sir Arthur Conan Doyle bis auf die Knochen zu blamieren. Selbst nach Doyles Tod beharrte Frances auf der Echtheit der Geschichte, doch 1983 gestand Elsie Wright endlich, dass alles bloß ein Schwindel war. Die Mädchen hatten die Feen und ihre Schmetterlingsflügel auf buntes Papier aufgemalt, sie ausgeschnitten und auf Pilze gesteckt.

Auch die Erlebnisse einer Miss Winter aus Blarney in Irland wertete Doyle in dem erwähnten Buch als ernsthafte Beweise für seine spiritistischen Überzeugungen. Miss Winter behauptete, ihre Familie habe Kontakt zu einem Leprechaun namens Bebel gehabt. Ihr habe er erzählt, dass Elementargeister gern auf Hühnern reiten. Es gäbe Leprechauns beiderlei Geschlechts, die von Königin Picel regiert würden.

Freiheit für Gartenzwerge

Die von Gartenzwergen inspirierte Fantasie kann freilich auch völlig andere Blüten treiben. So sah man bei der Chelsea Flower Show demonstrativ an die Gitterstäbe beim Eingang angekettete Zwerge, die vehement dagegegen protestierten, dass ihnen hier der Zugang versagt sei. Ein paar Erstsemestler in Oxford brüteten vor einigen Jahren die Idee eines Zwergenfriedhofs aus, auf dem sich alle Zwerge versammeln sollten, deren Zeit gekommen sei. In einer konzertierten Aktion entführten die Studenten heimlich alle Gartenzwerge vor Ort und trugen sie zu einem verlassenen Steinbruch – dem Zwergenfriedhof – ehe sie die Polizei verständigten, anonym versteht sich. Vorsichtshalber hatten sie jeden Zwerg mit einem Adressenanhänger versehen, sodass alle zu ihren untröstlichen Eigentümern zurückgebracht werden konnten.

Anfang 1997 konstituierte sich in Alencon in der Normandie die Gartenzwerg-Befreiungsfront. Aufmerksam wurde man auf sie, als mehr als 30 Zwerge auf unerklärliche Weise verschwanden. Mitglieder der Front bekannten sich dazu, sie entführt zu haben, um sie aus dem Elend ihrer Einsamkeit zu befreien und sie ihrer natürlichen Umgebung, dem Wald, wieder zuzuführen. Einigen hatte man die roten Zipfelmützen übermalt, denn die Frontmitglieder sahen darin Zeichen des demütigenden Zustands der Sklaverei. Die Front geht wie eine Untergrundorganisation vor, die ihre Operationen

Zwergenwissen
Durch einen erstaunlichen Zufall ist Alencon, die Heimat der berüchtigten *Front de Libération des Nains de Jardin*, Partnerstadt von Basingstoke in Hampshire.

UNTEN & RECHTS
Maskierte Mitglieder der Gartenzwerg-Befreiungsfront mit einigen ihrer befreiten „Opfer"

OBEN
Yvonne Evans, Tochter von Mr. und Mrs. Raymond, musste notgedrungen diese Zwergensammlung verkaufen

jeweils in Grüppchen von sieben Mann durchzieht, als Respektsbezeugung gegenüber den sieben Zwergen Schneewittchens.

Mit Leib und Seele Zwergenhalter

Manche Leute sind den Zwergen so zugetan, dass sie über beachtliche Sammlungen verfügen. In den 80er und 90er Jahren strömten Menschen aus allen Teilen der Welt nach Haverfordwest in Wales, um die mehr als 200 Zwerge von Mr. und Mrs. Granville Raymond zu bestaunen. Mrs. Raymond machte ihren Lieblingen Sommerhüte, einige hatten Friesennerze zum Schutz gegen den Regen und alle bekamen zu Weihnachten Festtagskleider angelegt. Der Garten war auch ein Refugium für Zwerge, deren Besitzer sich von ihnen trennen wollten, und einer, Roy mit Namen, begleitete als Maskottchen einen Hilfskonvoi nach Bosnien. Unglücklicherweise mussten Haus und Garten verkauft werden, als Mr. Raymond starb.

LINKS
Robert Chambers mit zweien seiner Schützlinge

nicht allein. Man muss nicht weit reisen, um Gärten zu finden, in denen sich muntere Zwerge tummeln. Sogar auf Verkehrsinseln – kontinentalen wie britischen – sieht man sie gelegentlich. Die Zwergenhalter anderer Länder können nämlich ebenso leidenschaftlich für ihre Schützlinge eintreten wie die Briten.

Oben
In Krynica, südöstlich von Krakau, an der polnisch-slowakischen Grenze, wartet im Garten des Cafés „Polnischer Seemann" diese muntere Versammlung auf Ihren Besuch; der rotbäckige Jägersmann hält mit seinem Feldstecher schon nach Ihnen Ausschau

1996 eröffnete auch Robert Chambers in Duddenhoe End nahe Saffron Waldon in Essex eine Zufluchtsstätte für nicht mehr gewollte Zwerge. Chambers wurde vom *Independent* befragt, was er an seinen Schützlingen so attraktiv finde. Er sprach sicherlich vielen Zwergenfreunden aus dem Herzen, als er sagte: „Ich mag sie, weil sie freundliche kleine Wesen sind, die immer ein Lächeln auf dem Gesicht haben … Sie repräsentieren die Geister, die unter der Erde leben und sich um die Pflanzen kümmern."

Die Briten mögen in aller Welt für ihre Exzentrizitäten berühmt sein, doch mit ihren Spleens, Schrullen und Marotten stehen sie

Oben & rechts
Bei Robert Chambers fanden die beiden ein neues Zuhause

DAS INTERNATIONALE ZWERGENTREFFEN

ZWERGE DER WELT VEREINIGT

1995 war ein bedeutendes Jahr für die Zwerge dieser Erde, denn in Christchurch, Neuseeland, fand das erste internationale Treffen der Zwerge, die *International Gnome Convention* statt. Organisator war das ausgesprochen „grün" orientierte *New Zealand Gnome Committee*, das feststellte, der englische Begriff „gnome" sei das Akronym von *Guarding Naturally Over Mother Earth*, was heißen soll, auf natürliche Weise sei über Mutter Erde zu wachen.

Die treibende Kraft hinter der ganzen Sache war der Grafiker und Lehrer Henry Sunderland. In Deutschland hergestellte Gartenzwerge sind erstmals vor dem Zweiten Weltkrieg in kleiner Zahl nach Australien und Neuseeland gelangt (dass die ersten Zwerge schon mit Kapitän Cook dorthin gekommen seien, ist eine liebenswürdige Legende). Seit den frühen 50er Jahren nahm die Zwergenpopulation durch die beachtliche Zahl von englischen und niederländischen Siedlern deutlich zu, denn sie brachten die für die Einrichtung eines geschmackvollen Gartens benötigten Utensilien – bemalte Steine, Muscheln, Figuren von Fröschen, Flamingos, Seehunde, die Silberbälle auf der Nase balancieren, und jede Menge Gartenzwerge – gleich mit. Außerdem wurden bald Werkstätten für Gartenzierrat eröffnet. In den 80er und 90er Jahren überfluteten billige Massenprodukte aus Asien den Markt, was die neuseeländischen Hersteller veranlasste, ausgefallenere Entwürfe zu entwickeln. In Auckland produzierte eine Firma einen liegenden Gartenzwerg, dem ein Messer im Rücken steckte. Er war als Messerhalter für die Küche gedacht; das Messer war von allerbester Qualität!

OBEN
Der Ehrengast

ZWERGE ALS VIPs

Ehrengäste des Zwergenkonvents waren der Zwerg aus Lamport Hall und Terry Major-Ball, John Majors Bruder und erfahrener Schöpfer und Hersteller von Gartenzwergen. Eine Ehrendelegation von Zwergen, die den Bürgermeistern von Christchurch und Wellington gehören, empfing den venerablen Lamport Hall Zwerg am Flughafen von Christchurch. Zu den Programmpunkten des Treffens gehörten ein Zwergen-Wettlauf, ein Picknick, Vorträge, Diskussionen und Besuche lokaler Sehenswürdigkeiten. Zwerge aus Großbritannien, Deutschland, Australien, Japan, Korea, USA und den Vereinigten Arabischen Emiraten nahmen teil. Natürlich ließen es sich die lokalen Hersteller nicht nehmen, ihren Beitrag zu leisten, und steuerten ländliche Zwerge bei, die Blumen, Kürbisse, Gemüsekisten und Körbe voller Äpfel mitbrachten. Elegante Großstadt-Zwerge kamen auf ihren Motorrädern; außerdem kamen elfengleiche Wesen, die man neben kränkelnde Pflanzen stellen soll, damit sie sich wieder erholen.

OBEN
Gegen die Kälte zusammengekauert, trotzt Charlie dem Schnee der Antarktis

Christchurch ist wohl übrigens bisher die einzige Stadt der Welt, die über einen offiziellen Stadtzwerg verfügt – doch sollen Verhandlungen mit der amerikanischen Partnerstadt Seattle im Gange sein, damit auch die dortige Verwaltung einen offiziellen Zwerg in ihr stadtväterliches Herz schließt.

Unten links
Leicht angefroren dokumentieren Henry Sunderland und Charlie ihre glückliche Ankunft am Südpol

Zwerge am Pol

1977 setzte Henry Sunderland den Zwerg Charlie am Südpol ab. Sunderlands Beweggrund war die Sorge um Mutter Erde, die unbedingt bewahrt werden müsse. Zwerge gelten als Wächter der Ökologie und so lag es nahe, dass der engagierte Naturschützer und leidenschaftliche Zwergenfreund Henry Sunderland mit Genehmigung der US-Marine in die Antarktis reiste und Charlie den am Südpol stationierten Forschern als Maskottchen daließ. Leider gelang es ihm bisher nicht, die britische und die US-Luftwaffe zu überreden, Jernome, den Vorsitzenden des Zwergentreffens von Christchurch, im Interesse des Weltfriedens am Nordpol platzieren zu dürfen. Dabei sitzt Jernome in einer durchsichtigen Kapsel und ist speziell gegen Frostbeulen versichert!

GNOMISCHE ATTRAKTIONEN

ANGEBLICH LEBEN WIR IM ZEITALTER DES SKEPTIZISMUS und des Materialismus, dennoch hat sich der Glaube an Naturgeister nicht nur erhalten, er findet sogar immer mehr Anhänger. In einem Buch über den Volksglauben von Dartmoor schrieb Ruth E. St. Leger-Gordon in den 60er Jahren, der bekannteste und beliebteste Überlebende der Folklore sei der Pixy. Sie schrieb das den vielen Menschen zu, die sich von außerhalb kommend in diesem Teil Devons niederließen und ihren renovierten Cottages und modernen Bungalows Namen wie „Pixy-Grund" oder „Pixy-Winkel" gaben und im Vorgarten Figuren von Pixies aufstellten, die im Schneidersitz auf einem Pilz hockten. Dies habe einer Volkstradition, die schon in den letzten Zügen gelegen habe, neuen Auftrieb verliehen.

DAS GNOME RESERVE
West Putford, nahe Bradworthy
North Devon EX22 7XE, England
Tel.: 00 44/14 09-24 14 35

IN DER FRIEDLICHEN LANDSCHAFT des nördlichen Devon, südlich der Hauptstraße A 39 zwischen Bideford und Bude nicht weit von Clovelly, liegt Großbritanniens größtes Zwer-

Links
Wenn du heute in den Wald gehst …

Oben
Ältere Zwerge tauschen ihre Erfahrungen mit Haustieren aus

genreservat, das zugleich eine Touristenattraktion der besonderen Art darstellt. 1979 von der Künstlerin Ann Atkins gegründet, sind inzwischen drei Generationen ihrer Familie mit der Anlage befasst. Die Zwergenpopulation nahm über die Jahre ständig zu, unterdessen sind mehr als 1000 Zwerge und Pixies hier versammelt.

Anziehungspunkt für alle angelnden Zwerge ist der Fluss, der den Buchenwald der Anlage

Links
Ein Jungzwerg liest seinen aufmerksamen Freunden aus einem spannenden Buch vor

GANZ OBEN
Zwerge sind soziale Wesen und musizieren gern miteinander

OBEN
Spannendes Finale beim Wettlauf mit vorgeschobenem Rasenmäher

OBEN
Alte Herren dürfen am Fliegenpilzstammtisch eine Runde Skat spielen

durchfließt. Andere ziehen den Schatten der Bäume vor, kuscheln sich ins weiche Moos neben den Waldpfaden oder gehen allen bekannten Zwergentätigkeiten nach, einschließlich dem beliebten Ritt auf dem Schwein. Andere spielen Schach oder Karten, machen Musik oder halten Umweltkonferenzen ab. Der große Naturgarten beherbergt hunderte wilder Blumen, Gräser, Farne und anderer Pflanzen. Kleine Kinder können in eine Pixiewohnung krabbeln, die in einem Blumenstängel eingerichtet ist.

ZWERG FÜR EINEN TAG

Beim Eintritt erhalten alle Besucher Zwergenzipfelmützen in Rot oder anderen Farben. Obwohl es keine Pflicht ist, werden die Besucher gebeten, die Mützen aufzusetzen, und die meisten tun es auch, wenn man ihnen

erklärt, dass es den Zwergen die Scheu nimmt. Tatsächlich ist es natürlich umgekehrt: Den Besuchern soll die Unsicherheit genommen werden, der Eintritt in die „Zwergenwelt" soll ihnen erleichtert werden. Die Reaktionen auf die Aufforderung, doch bitte die Zipfelmützen aufzusetzen, reichen von hysterischem Gekicher bis zu übernatürlicher Ernsthaftigkeit. Wie Partyhüte oder Masken helfen die Mützen, Schranken zwischen den Menschen und den Generationen zu überwinden, denn sie lösen den Menschen aus seinem konventionellen Selbst und führen ihn in einen neuen Bereich. Viele Besucher sagen, der Gang durch das *Gnome Reserve* habe ihnen einen neuen Sinn für Proportionen gegeben.

Das Reservat veröffentlicht die unperiodisch erscheinende Zeitung *Gnome News* und stellt in eigenen Werkstätten Pixies zum Verkauf her. Besucher können bei der Herstellung zusehen. Pro Jahr kommen rund 25 000 – meist britische – Besucher, doch auch Amerikaner und die besonders zwergliebenden Holländer fühlen sich angezogen. Zwerge, so sagt Ann Atkins, seien gleichzeitig zu 100 Prozent heiter und zu 100 Prozent ernst. Sie seien Symbol einer tief in der menschlichen und allgemeinen Natur verwurzelten Kraft, die nach Ganzheitlichkeit strebt und daher den Wahnsinn der Umweltzerstörung erkennt.

Links
Minipixies zum Verkauf

Rechts
Komm, wir gehn Pilze sammeln!

UNTEN
Ein Gläschen Apfelwein gefällig? Doch Vorsicht, auch Cider hat seine Effekte

Gnome World

Moorland Road, Indian Queens,
Cornwall TR9 6HN, England
Tel.: 00 44/17 26-86 08 12

Seit den frühen 60er Jahren stellt Alan Quarterman hier Zementzwerge für den Verkauf her. Obwohl in Cornwall eigentlich die Pixies zu Hause sind, nennt Quarterman seine Kreationen Zwerge, denn die haben bekanntlich Bärte, die Pixies aber nicht. Mehr noch, abgesehen von ihren Hüten und Stiefeln sind die wahren Cornwall Pixies splitternackt. Quartermans Zwerge sind lebhafte Kerlchen, die mit allerhand Spiel und Arbeit beschäftigt sind.

Gnome World bietet neben der riesigen Verkaufsausstellung auch Naturlehrpfade, einen Kinderspielplatz, einen Farm-Shop und einen Campingplatz; zu den Veranstaltungen gehören unter anderem Traktor-Rallies. Gnome World ist an der A30 zwischen Bodmin und Redruth ausgeschildert.

RECHTS
Nein, das sind meine Pilze!

UNTEN
Angeln an einem ruhigen Seerosenteich ist eine herrliche Entspannung

Links
Wird der erst Augen machen, wenn seine Zahlen beim Lotto wirklich gezogen werden

Rechts
Die Eule und das Kätzchen … und ihr freundlicher Kumpan

Rechts
Dieser liebenswürdige Riesenzwerg heißt die Besucher der Gnome World willkommen

Unten
Lord Jack, Senior der Zwerge von Pixieland, zwirbelt nachdenklich seinen stattlichen weißen Bart

Pixieland

Dartmeet, nahe Princetown,
South Devon PL20 6SG, England
Tel.: 00 44/13 64-63 14 12

Mitten im Dartmoor Nationalpark, westlich der durch Dartmeet führenden B3357, liegt Pixieland. Zahllose Pixies drängen sich um den Souvenirladen, manche angeln in Bächen, andere sitzen auf Fliegenpilzen. Seit rund 50 Jahren werden hier bemalte Zementpixies hergestellt, deren Markenzeichen die roten Zipfelmützen, die roten Tupfen auf den Backen und die roten Lippen sind. Neuerdings gehören auch Pixie-Fußballer zum Programm, das auch ein paar weibliche Pixies einschließt.

Rechts
Am Straßenrand genießt ein winziger Pixie seinen freien Tag

Unten
Jedem Fußballverein sei sein eigener Pixie gegönnt

Rechts
Schweinezucht ist hier etwas Ungewöhnliches

UNTEN
Norman Gnome begrüßt einen jungen Besucher

GANZ UNTEN
Ein Spitzhut lauert hinter einer Hecke

WATERMOUTH CASTLE

Bei Ilfracombe, North Devon EX34 9SL, England
Tel.: 00 44/12 71-86 74 74

An der Küstenstrasse zwischen Ilfracombe und Combe Martin liegt das 1820 errichtete schlossähnliche Anwesen, das die Familie Haines 1977 käuflich erwarb. Zu jener Zeit war das Haus in einem trostlosen Zustand und das Grundstück war verwildert. Mit viel Aufwand haben die Haines Haus und Grund wieder hergerichtet und zu einem Freizeitpark für die ganze Familie ausgebaut. Alles begann mit dem Erwerb von 35 deutschstämmigen Gartenzwergen, die untätig in Irland herumlungerten. Die Haines brachten sie nach Devon und bauten ihnen ein Dorf.

Rund 150 000 Besucher kommen jährlich hierher, darunter viele Holländer, Deutsche und Österreicher. Sie wollen „Gnomeland", das Zwergenland, besichtigen, aber auch an den herrlichen Wasserspielen mit Musikeffekten teilnehmen, auf dem Zauberweg gehen, die Geistermühle, den Irrgarten und das Karussell besuchen und eine Rutschpartie durch die Schlangenröhre machen. Eine große Modelleisenbahn gibt es zu sehen, eine Sammlung von Musikautomaten sowie Märchenszenen, wie etwa *Gulliver in Lilliput*.

Durch die Fenster eines kleinen Häuschens können die Besucher das tägliche Familienleben animierter Zwerge beobachten. Kinder dürfen nach Gold schürfen und sich mit einem Schauspieler im Zwergenkostüm, der sich *Norman Gnome* nennt, fotografieren lassen. Natürlich gibt es auch einen Souvenirladen, wo man kleine Geschenke und Erinnerungsstücke an einen ungewöhnlichen Familienausflug kaufen kann.

OBEN
In Mühle und Werkstatt geht es hoch her

UNTEN
Dieser Zwerg bewegt sich!

DE EFTELING

Kaatsheuvel, Niederlande
an der A261 zwischen Tilburg und Waalwijk

DIESER GROSSE FANTASIE- UND FREIZEITPARK wird auch das begehbare Bilderbuch genannt. 1952 eröffnet, zieht er heute bis zu drei Millionen Besucher jährlich an. Die Inspiration lieferten die Bilder des niederländischen Künstlers Anton Pieck; der Komplex selbst entwickelte sich um einen Märchenwald, in dem die sieben Zwerge weinend an Schneewittchens Glassarg stehen. Heute gibt es hier geflügelte Feen, singende Tiere und Riesenpilze, die auf dem Harmonium spielen. Zahllose Märchenszenen sind nachgebaut, aber auch Szenen aus dem Alltagsleben der Zwerge. Der Trollkönig sitzt auf seinem Thron und die grotesken „Laafländer" kann man in ihrer verrückten, wunderbaren Umgebung bestaunen.

OBEN
Efteling ist ein riesiger, bei Besuchern jeden Alters beliebter Komplex

RECHTS
Die Kinderstube der Laafländer mutet surreal an

DISNEYLAND PARIS

Marne-La-Vallee, etwa 30 km östlich von Paris

OBWOHL KEIN ausschließliches Zwergenparadies, verfügt dieser 1992 eröffnete Freizeitpark doch über einige der für diesen Eintrag erforderlichen Elemente. Im Märchenland nämlich können die Besucher Schneewittchen besuchen und im Schloss der bösen Königin der Hexe selbst gegenübertreten. Eine Zugfahrt durch den Wald der Alpträume führt zur Diamantenmine der sieben Zwerge. Im Schlosstheater kann man Schneewittchen und die Zwerge auf der Bühne bewundern, andere Episoden aus anderen bekannten Märchen runden das Erlebnis ab.

LINKS & UNTEN
Der Feenkönig Oberon in seinem Reich; in der Märchenbäckerei werkeln fleißige Zwerge

Das Deutsche Gartenzwerg-Museum

74583 Rot am See
Tel.: (0 79 55) 30 21
nördlich der A6 zwischen Nürnberg und Heilbronn

Das erste Deutsche Gartenzwergmuseum wurde am Jahrestag der deutschen Wiedervereinigung, am 3. Oktober 1991, in Rot am See eröffnet.

Oben & rechts
So winzig das Museum ist, die Zahl der ausgestellten Zwerge ist riesig

Träger ist die gewinnlos arbeitende Vereinigung *Das Deutsche Gartenzwerg-Museum*, die Günter und Jutta Griebel am 3. August 1991 gegründet haben. Alle Gewinne des Museums fließen in diese Vereinigung und somit in das Museum zurück. Günter Griebel, Vorsitzender der Vereinigung, ist Spezialist auf dem Gebiet der Nanologie, ist er doch ein Nachkomme von Philipp Griebel. Dieser eröffnete 1874 im thüringischen Gräfenroda einen „Thon-, Thier-, und Thierkopf-Terrakottabetrieb", der heute von zwei anderen Angehörigen der Familie Griebel, Reinhard und Veronika, weitergeführt wird.

Angefangen hatte es 1987 mit dem Zwergenkaufhaus, in dem „klassische" Gartenzwerge aus der Produktion von Günther und Reinhard Griebel verkauft wurden. Der unermüdliche Einsatz für die Belange der Gartenzwerge hat dazu geführt, dass den Kreaturen auch in den Medien eine gewisse Beachtung geschenkt wurde. Heute bieten Jutta und Günter

Unten
Das wunderschöne Schneewittchen, das mit seinem schwarzen Haar ein wenig an Kleopatra erinnert, im Kreise seiner kleinen Freunde

Unten
Ein Blick auf die Harmonie des Zwergenlebens

Oben & rechts
Intimsphäre – für Zwerge ein Fremdwort

Griebel in ihrem Laden und Museum das Wissen und Können für die ausgefallensten Zwergenbestellungen. Verschiedene Beispiele ihres breit gefächerten Spektrums an Kreationen sind schon im Film, Fernsehen und in Ausstellungen zu Ehren gekommen. Ihre Museumssammlung ist eine der umfassendsten zum Thema Zwerge und schließt neben fast 8000 Ausstellungsstücken auch umfangreiches Archivmaterial ein.

Immer wieder leihen sich andere Museen Exponate von hier aus und das Zwergenmuseum selbst initiiert viele mit Zwergen verknüpfte Projekte, die oft gleichzeitig laufen. Eines der wichtigsten ist das jährlich am Tag der Wiedervereinigung stattfindende Festival, das den Nanologen dieser Erde ein einzigartiges Schaufenster in die Welt der Zwerge bietet.

OBEN
Ein eher ungewöhnliches Ausstellungsstück ist dieser liebenswürdige kleine Waldschrat

OBEN
Der den modernen Zwergen vorbehaltene Raum ist, wie sich das für moderne Kunst gehört, streng minimalistisch gehalten

LINKS
Mit gepunkteter Badehose, aber niemals ohne Mütze, genießt dieser Zwerg sein Sonnenbad im Schlauchboot

LINKS & UNTEN
Das neue, innovative Zwergendesign erweist sich als großer Erfolg

ZWERGE UND KULTUR

DIE ZWERGE MÖGEN DEN ALTEN europäischen Mythen, Märchen und Volkssagen entspringen, doch sie haben die Jahrhunderte überdauert, indem sie immer wieder in der Literatur auftauchten, in der bildenden Kunst und in der Musik. Ja, sogar die modernen Medien Film und Fernsehen haben sie erobert.

Ein Sommernachtstraum

Die Elfentradition hat sich als ziemlich unverwüstlich erwiesen. In Shakespeares Komödie *Ein Sommernachtstraum*, in der Oberon und Titania als König und Königin der Elfen auftreten, sind die Elfen winzige Wesen, die sich in „Eichelnäpfen" verstecken können und Namen tragen wie Spinnweb, Bohnenblüte, Motte und Senfsamen. Diese vier Begriffe spielten auch in der traditionellen Heilkunde eine Rolle. Andererseits ist die Elfenkönigin Titania groß genug, einen menschlichen Liebhaber in ihre Arme zu schließen.

Shakespeares Elfen sind weder Zuckerpüppchen noch Miniaturmenschen. Es umgibt sie etwas Unheimliches und sie verfügen über außergewöhnliche Kräfte. Das Motiv der Fruchtbarkeit stellt eine Verbindung her zwischen der Elfenkönigin Titania und der Maienkönigin, die einst im Mittelpunkt der traditionellen Riten und Feiern stand, mit denen man den Sommer begrüßte. Und wie bei diesem aus heidnischer Zeit überlieferten Brauch des Maientanzes, so tanzen auch Shakespeares Elfen im Kreis.

Oberons Hofnarr, der immer zu Streichen aufgelegte Puck – in der deutschen Übersetzung von Wilhelm Schlegel heißt er Droll –, gleicht dem Brownie oder Pixy englischer Tradition, der die Menschen mit allerhand Schabernack verwirrt, Reisende in die Irre führt, zugleich aber denen, die ihm wohl wollen, das Glück ins Haus bringt. Das in die Sammlung *Des Knaben Wunderhorn* aufgenommene Gedicht vom „bucklicht Männlein" entspricht in etwa dieser Vorstellung und es scheint, dass auch der moderne Gartenzwerg, der ja häufig eher verschmitzt grinst als harmlos freundlich lächelt, einige dieser Charakterzüge übernommen hat.

In Shakespeares Komödie *Der Sturm* spielt der Luftgeist Ariel als dienstbarer Geist des Prospero eine ganz entscheidende Rolle und auch andere englische Poeten haben sich Feen und Elfen zum Thema ihrer Dichtung gewählt. In einem Gedicht von William Browne (1591–1643) dient ein mit Rosenblättern gedeckter Pilz als Tisch für ein Feenbankett und auch in einem Gedicht von Robert Herrick (1591–1674) wird ein Pilz zu diesem Zweck benutzt. Man glaubte, dass zwischen Zwergen und Pilzen eine enge Verbindung besteht, ja, man nahm an, dass sich Zwerge zu ihrem Schutz in Pilze verwandeln.

In Michael Draytons (1562–1631) burleskem Gedicht *Nimphidia* sind die Feenkönigin Mab und ihre Hofdamen so winzig, dass sie sich im Blütenkelch einer Schlüsselblume verstecken können.

Oben
„Der Traum", getanzt von Sarah Wilder und William Trevitt vom Royal Ballet, London

Links
Der Streit zwischen Oberon und Titania

In Frankreich kam es gegen Ende des 17. Jahrhunderts zu einer bedeutenden Entwicklung, als die den Volkstraditionen entlehnten Feen sozusagen hoffähig wurden und durch die von Charles Perrault 1697 veröffentlichte Märchensammlung am Hof Ludwigs XIV., des Sonnenkönigs, Einzug hielten. Diese *Histoire ou contes du temps passé* enthielt Märchen, die später in der gesamten westlichen Welt bekannt und berühmt werden sollten, darunter: *Aschenputtel*, das bei Perrault *Cendrillon* heißt, *Rotkäppchen*, *Dornröschen*, *Der gestiefelte Kater*, *Blaubart* und *Der kleine Däumling*. Perrault hatte die Märchen nicht selbst erfunden, sondern sie, wie später die Brüder Grimm und andere, im Volk gesammelt. Er brachte sie lediglich in gefälligere Form, strich allzu krude Grausamkeiten, bügelte logische Brüche aus und erfand hier und da eine Feenfigur oder andere Charaktere hinzu. Auch gab er den Märchen einen anspruchsvollen, feinen Humor und vergaß auch nicht, am Schluss jeder Geschichte deren Moral zu betonen.

LINKS
Zwerge haben eine enge Beziehung zu Pilzen

DIE ENTSTEHUNG DER ARTEN

Die bereits von Paracelsus beschriebenen Elementargeister fanden ihren Weg nach England, und zwar in der 1714 erschienenen zweiten Version von Alexander Popes heroisch-komischem Gedicht *The Rape of the Lock* (Der Lockenraub). Wie bei Paracelsus sind auch bei Pope die vier Elemente Luft, Erde, Wasser und Feuer von Geistern belebt, von Sylphen, Gnomen, Nymphen und Salamandern. Die Gnome sind Dämonen der Erde, die gern die üblichen Streiche spielen. Die Sylphen hingegen sind die schützenden, freundlichen Luftgeister. Das mehrfach übersetzte, auch in Deutschland bekannte Gedicht Popes beschreibt den bösen Schabernack, den der Gnom Umbriel in der Vergangenheit getrieben hat, ließ er doch hässliche Pickel auf hübschen Gesichtern sprießen, zerknitterte Unterröcke, durchwühlte gemachte Betten und ließ wertvolle Schoßhündchen krank werden.

Popes charmante, luftige kleine Sylphen, die die Heldin des Gedichts umflattern, mögen mitverantwortlich für die spätere Tendenz sein, sich Feen als Wesen mit zarten Flügeln vorzustellen.

Bei Goethe tauchen die Elementargeister unter anderem im zweiten Teil des *Faust* auf, zuvor aber waren sie auch schon in einem langen, zu seiner Zeit sehr populären Gedicht von Erasmus Darwin vorgekommen – in dem 1790 veröffentlichten *The Botanic Garden* nämlich, wo die Gnome bei der Erschaffung der Erde Hand anlegen.

OBEN
Umbriel, der düstere und melancholische Gnom aus Popes „Lockenraub"

Zwergenwissen
Der in Alexander Popes Gedicht *The Rape of the Lock* eine Rolle spielende Umbriel ist der erste Gnom der Literatur, der einen Eigennamen erhielt. Er ist der erste Gnom der feinen Gesellschaft und der erste, der Flügel hat. Wie die Zwerge der germanischen Mythologie stammt er eigentlich aus der Erde.

KINDERMÄRCHEN

Erst gegen Ende des 18. Jahrhunderts begannen Autoren gezielt für Kinder zu schreiben und es sollte sich als eine für die Autoren profitable Idee herausstellen. Ziel und Zweck der neuen Literaturgattung war nicht nur die spannende Unterhaltung der Kinder, es wurde auch großer Wert auf die erzieherische und die Bildungskomponente gelegt. Die Kinder sollten auf spielerische Art etwas dazulernen. Nicht nur Wissen sollte vermittelt werden, sondern vor allem auch Werte und Moralvorstellungen. Im Grunde war die umgebende Geschichte oft nur der Zuckerguss, der die bittere Pille des Lernstoffes umhüllte. Der humoristische Zeichner und Karikaturist George Cruikshank (1792–1878), der unter anderem auch Werke von Charles Dickens illustriert hatte, lieferte Illustrationen zu den ins Englische übertragenen Märchen, die die Brüder Grimm gesammelt hatten und mit denen auch die weniger didaktischen und eher makabren Aspekte der Märchen ein Comeback erlebten.

OBEN
Hans Christian Andersen (1805–1875), der Sohn eines Schuhmachers, dem einst wegen seines Mangels an Schulbildung die Mitarbeit am Theater verwehrt wurde

RECHTS
Edvard Erichsens Bronzestatue der kleinen Meerjungfrau, heute das Wahrzeichen von Kopenhagen, wurde 1913 enthüllt

Der 1805 in sehr ärmlichen Verhältnissen in Odense, Dänemark, geborene Hans Christian Andersen wurde vor allem durch seine Märchen berühmt, denen er selbst zunächst gar keine große Bedeutung beimaß. Zum Teil hatte auch er seine Märchen und Geschichten nach dem Hörensagen gesammelt. In Anlehnung an E.T.A. Hoffmann begann er aber auch romantische Kunstmärchen zu verfassen. Seine berühmte Geschichte *Die kleine Meerjungfrau* erschien 1837, *Die Schneekönigin* 1844.

Andersen selbst, der Gedichte, Romane, Dramen, autobiographische Schriften und Reiseberichte verfasst hatte, wehrte sich ein Leben lang vehement dagegen, als Verfasser von „Kindermärchen" eingestuft zu werden. „Auch Vater und Mutter … muss man etwas für den Verstand geben", schrieb er einmal in einem Brief an einen Freund. Aus diesem Anspruch entwickelte sich eine Art allegorischer Stil, dem es dennoch an Humor nicht mangelte. Beim Lesepublikum fand das so großen Anklang, dass die Romane und anderen Schriften bis heute von den Märchen überstrahlt werden. Als Andersen 1875 in Kopenhagen starb, war er Dänemarks erfolgreichster Schriftsteller.

OBEN
In seinem unverwechselbaren Stil hauchte Arthur Rackham Figuren aus Ibsens Peer Gynt Leben ein

LINKS
Ein Mandolinenspieler, der ungeachtet seines schon etwas vorgerückten Alters noch immer fröhlich sein Ständchen bringt

Ebenfalls nicht für Kinder gedacht waren die 1866 und 1867 veröffentlichten Stücke *Brand* und *Peer Gynt* des norwegischen Dramatikers Henrik Ibsen, der mit diesen beiden frühen Stücken auf die altnordische Sagenwelt mit ihren Trollen zurückgriff und diese Repräsentanten der Kräfte des Bösen dadurch einem Weltpublikum zugänglich machte. Die von Asbjörnsen und Moe gesammelten Sagas hatten Ibsen durchaus beeinflusst und er hatte selbst auf Reisen durch Norwegen bei den Bauern und der Landbevölkerung Material gesammelt. Dem Drama über *Peer Gynt* liegt eine Volkssage über einen historisch nachweisbaren Bauern zu Grunde. Der Sage nach war Peer ein Jäger aus Kvam im Gulbrandsdalen. Man vermutet jedoch, dass er eigentlich Peder Laurisen hieß und um 1650 bei Vinstra in Nord-Fron gelebt hatte.

LITERARISCHE GIGANTEN

Zu den britischen Autoren des 19. Jahrhunderts, die die Märchen und Sagen als literarischen Steinbruch nutzten, gehörten Coleridge, Shelley, Keats, Lewis Caroll und Oscar Wilde, um nur die bedeutenderen zu nennen. Zu den heute fast vergessenen zählt Edward Knatchbull-Hugessen, ein liberaler Politiker, der 1880 zum Lord Brabourne erhoben wurde und der in beiden vorangegangenen Dekaden Kindermärchen veröffentlicht hatte. In einem, *Charlie and the Elves* betitelt, wird ein kleiner Junge von einer triumphierenden Schar von Zwergen in einem Spinnennetz gefangen und in ihr Reich entführt, wo sie ihren Fang dem Elfenkönig vorführen, der von Kopf bis Fuß in Grün gekleidet ist.

Um die Jahrhundertwende machten nicht wenige Verleger gutes Geld mit illustrierten Ausgaben der klassischen Märchensammlungen, während gleichzeitig Zwerge anfingen, die Gärten zu bevölkern. Der immer wieder herausgestrichene Hinweis auf die Kindheit als Zustand urtümlicher Unschuld machte aus den erdverbundenen Mitgliedern des kleinen Volkes niedliche, zuckersüße Luftgeisterchen, die auf Schmetterlings- oder Libellenflügeln von Blüte zu Blüte flatterten. Die einflussreichste Figur, die aus dieser Trivialisierung und Sentimentalisierung der Elementargeister hervorging, ist wohl James M. Barries *Peter Pan*. Bei der Bühnenaufführung in London, 1904, war das Stück sofort ein Riesenerfolg. Der Junge, der nicht erwachsen werden konnte, spielt, wie sein Name Pan vermuten lässt, wunderbar Flöte; er ist mit Blättern und Spinnweben bekleidet, kann fliegen, sich von seinem Schatten trennen und die Glöckchensprache der Feen verstehen. Mit den verlorenen Jungen, den Kindern Wendy, John und Michael Darling sowie der Fee Tinker Bell lebt er im Niemalsland, zu dem Erwachsene keinen Zutritt haben.

Im Nu hatte sich das Stück auch die Herzen des amerikanischen Publikums erobert und gehört seitdem zum festen Repertoire der Kinder- und Jugendliteratur in aller Welt, nicht zuletzt auch durch Walt Disneys Zei-

UNTEN
Eines der beliebtesten Denkmäler Londons ist dieses Standbild des nicht erwachsen werden wollenden Jungen Peter Pan. Das Standbild, das in Kensington Gardens steht, schuf Sir George Frampton

Oben
Eine Illustration aus Rudyard Kiplings Buch Puck of Pook's Hil

Rechts
Tolkien ließ sich von Mythen und Geschichten wie der vom Zwergenkönig Alberich gern inspirieren

Links
Wenn man die Ohren spitzt, hört man die Zwerge, die unter der Erde wuseln

chentrickfilm. Vom Erfolg ermutigt, erweiterte Barrie die Geschichte mit einem weiteren Teil, *Peter Pan im Waldpark*, dem dann noch das Buch *Peter und Wendy* folgte, das mehrfach – unter anderem auch von Erich Kästner – ins Deutsche übersetzt wurde. Barrie selbst beteiligte sich an den Kosten für das von George Frampton geschaffene Peter Pan-Denkmal in Kensington Gardens, das mit seinen geflügelten Feen, Kaninchen, Mäusen, Vögeln und dem Eichhörnchen noch heute eine viel besuchte Touristenattraktion darstellt. Die 1912 errichtete Statue gehört zu den beliebtesten in ganz London und in ihrem Dunstkreis erwarben sich auch die Gartenzwerge mit ihren roten Zipfelmützen die erste Beliebtheit in Großbritannien. Es besteht kein Zweifel, dass ihre entfernte Verwandtschaft zu den Figuren im Umfeld des Peter Pan entscheidend dazu beitrug, sie beim Publikum so gefragt und letztlich auch salonfähig zu machen.

Elfenmagie

1937 veröffentlichte John Ronald Reuel Tolkien das Buch *The Hobbit*, das 20 Jahre später, 1957, als *Der kleine Hobbit* auch in deutscher Übersetzung erschien. Der 1892 in Bloemfontein in Südafrika geborene Tolkien war studierter Philologe, der sich vor allem mit dem Alt- und Mittelenglischen befasste und sich als Mythenforscher besonders auf die angelsächsische und altnordische Kultur spezialisierte. Er lehrte an verschiedenen Universitäten, darunter Leeds und Oxford, vor allem aber schuf er für seine Gedichte, Erzählungen und Romane eine von der altnordischen Kultur und Mythologie geprägte, keltisch-germanische Fantasiewelt mit einer eigenen Sprache, magischen Runen, heroischen Monarchen, stattlichen Elfen, bösen Monstern, eigenen Legenden und Sagen.

In den 20er Jahren saß Tolkien eines Abends etwas gelangweilt über der Korrektur von Examensarbeiten, als ihm plötzlich ein Satz durch den Kopf ging, den er sich gleich auf ein leeres Blatt notierte: „In einem Loch im Boden lebte ein Hobbit." Er hatte keine Ahnung, was das bedeuten sollte oder was ein Hobbit war, doch bald begann er seinen Kindern Geschichten von einem Hobbit zu erzählen und schließlich wurde sein erster fantastischer Roman daraus.

Tolkiens Hobbits stellen eine bezaubernde Mischung aus Mensch und leicht verschlagenem Wichtelmann der traditionellen Märchenwelt dar. Es sind kleine Kerlchen, grundsätzlich gutmütig und immer zum Lachen aufgelegt. Sie rauchen Pfeife und können wunderschöne Rauchringe blasen, essen mit Begeisterung und scheinen einen geräumigen Magen zu haben. Sie kleiden sich in leuchtendes Grün und Gelb,

tragen aber keine Schuhe, denn ihre Füße haben ledrige Sohlen und sind dicht behaart mit dickem braunem Haar. Jeder der Zwerge spielt ein Musikinstrument und alle singen sie mit ihren schönen Stimmen vom tief in unterirdischen Höhlen gelegenen Reich der Ahnen unter dem fernen Nebelberg. Dort üben sie unter ihrem Herrscher, dem König unter dem Berg, ihre Handwerkskünste aus und stellten wundervolle Schwerter, goldene Kronen und silbernen Halsschmuck für so manchen alten

Monarchen und Elfenherrn her, außerdem goldene Kelche und Harfen für sich selbst. Das gesamte Abenteuer ist inspiriert vom mächtigen Zauberer Gandalf, dessen Name ebenfalls isländischen Quellen entspringt und soviel wie „Elfenmagier" bedeutet.

Als Nächstes schuf Tolkien 1954–1955 sein wunderbares dreibändiges Werk *Der Herr der Ringe*, die Beschreibung eines titanischen Kampfes zwischen den Mächten des Guten und des Bösen. Auch Tolkien glaubte nicht, dass es Hobbits, Elfen oder Zwerge tatsächlich gibt oder je gab. Doch glaubte er sehr wohl, dass in seiner mythischen Welt eine tiefe Wahrheit verborgen liege.

In den 60er Jahren erreichten Tolkiens Bücher Kultstatus, vor allem unter amerikanischen Studenten, die in einem Wortspiel mit dem Ausdruck „habit-forming" (süchtig machend) den Slogan prägten „Tolkien Is Hobbit-Forming". Die Bücher wurden in zahllose Sprachen übersetzt und inspirierten eine Welle von nachahmender Fantasy-Literatur. Die Verfilmung des *Herrn der Ringe* konnte nicht lange auf sich warten lassen, 1970 kam der Trickfilm heraus und 1997 wurde einer britischen Umfrage zufolge, an der mehr als 25 000 Leute teilnahmen, der *Herr der Ringe* zum bedeutendsten Buch des 20. Jahrhunderts gekürt.

DAS NODDY-PHÄNOMEN

Ein winziger Held völlig anderer Prägung ist Enid Blytons Elf Noddy. Blyton erfand Abenteuergeschichten, in denen Little Noddy, Big Ears und Pixy sowie die Teddybären Mr. und Mrs. Tubby eine Rolle spielten. Sie, der Polizist Mr. Plod und andere Bewohner von Toyland wurden die Lieblinge aus den Bilderbüchern für die Kleinsten und zugleich bekannte Charaktere einer Komikserie im *Evening Standard*. Die seit 1950 aufgeführte Weihnachtspantomime *Noddy in Toyland* wurde später auch verfilmt.

Ursprünglich war Noddy ein ziemlich dümmlich-alberner Taxifahrer, der mit seinem kleinen Auto überall anschrammte, was jedermann zum Wahnsinn trieb – sogar den liebenswerten, immer lächelnden Big Ears mit seinem weißen Rauschebart, der in einem Pilzhaus lebte und Fahrrad fuhr. In den Geschichten kam auch ein dunkler Wald vor, der von unartigen Wichteln bewohnt war, darunter Sly und Gobbo. Die Tatsache, dass Toyland von Negerpuppen wimmelte, von denen einige ausgesprochen bösartige Neigungen hatten, machte die Geschichten manchen Lesern einer aufgeklärteren Generation suspekt. Die jüngeren Ausgaben wurden überarbeitet und von allzu rassistischen und sexistischen Passagen gereinigt.

LINKS
In einer zauberhaften Pantomime treten Noddy und sein Freund Big Ears auf

UNTEN
Als hätte er sein Leben auf der Opernbühne verbracht, hat dieser Zwerg die Haltung des gelernten Sängers

MUSIKALISCHES ERBE

1869 erlebte Richard Wagners Oper *Das Rheingold*, die erste der Ring-Opern, in München ihre Welturaufführung. Bereits 1848 war ein Entwurf für eine Oper entstanden, die auf der Sage um die Nibelungen basierte, jenen zwergenhaften, in unterirdischen Höhlen lebenden Wesen, die hier fieberhaft das Erz der Erde schürfen und bearbeiten. 26 Jahre sollte es dauern, bis Richard Wagner sein gigantisches Werk, den vier Opern umfassenden Ring, vollendet hatte und 1876 in seinem eigenen Musiktheater in Bayreuth erstmals zur Aufführung brachte. Basis des Gesamtwerkes waren das *Nibelungenlied* und die alten skandinavischen Sagas.

Die Grundgeschichte von einem magisch-mächtigen Ring, den ein in einer unterirdischen Höhle lebender, ständig seine Gestalt wechselnder Zwerg besitzt und mit einem Fluch belegt hat, stammt aus dem Werk von Snorri Sturluson. Doch Wagner hat auch hier das Quellenmaterial benutzt, um etwas Neues daraus zu schaffen. Der schwarze Zwerg Alberich der Saga ist ein böser Tyrann, unfähig zu Liebe oder auch nur Mitgefühl. Sein Bruder Mime, bei dem der verwaiste Siegfried die Schmiedekunst erlernt, wird auf der Bühne gelegentlich als bedauernswerter Charakter dargestellt, der beim Publikum Mitleid erregen soll. Wagner jedoch hatte ihn als unaussprechlich böse und zugleich feige konzipiert. Wagner selbst beschreibt ihn als kleinen, krummen, hinkenden Krüppel mit schriller Stimme und abnorm großem Kopf.

RECHTS
Gartenzwerge sind große Musikfreunde, doch ihre Kunst erfährt erstaunlich wenig Anerkennung

Ein belgischer Cartoonist namens Peyo kreierte in den 50er Jahren immer grinsende blaue Kerlchen mit weißen Hosen und weißen Mützen: die Schlümpfe. Mit ihren quäkenden Stimmen sind sie nicht nur in zahllosen Zeichentrickfilmen aufgetreten, es gibt auch Schallplatten, auf denen sie allein oder zusammen mit anderen Künstlern auftraten. In Großbritannien lagen sie 1978 mit drei Platten in den Top Twenty. Nachdem die Schlümpfe – im englischsprachigen Raum heißen sie Smurfs – eine Zeit lang völlig aus der Musikszene verschwunden waren, kamen sie Mitte der 90er Jahre in Großbritannien mit einem neuen Album mit dem Titel *Smurfs Go Pop* heraus, was einen Journalisten zu dem gehässigen Kommentar verleitete: „Wenn sie's doch nur täten!" – das englische to go pop bedeutet

Zwergenwissen
Der wahrscheinlich bekannteste Gnombeitrag zur Musik ist David Bowies *Laughing Gnome*, der sich 1973 auf Platz sechs der britischen Single-Charts griemelte und sich dort 12 Wochen lang kichernd hielt.

GANZ OBEN
Der Komponist Richard Wagner (1813–1883)

OBEN
Zwerg Alberich versucht Brunhilde mit seinen Schätzen zu locken

LINKS & UNTEN
Bunte Werbeplakate für ein Stück von David Wood und für Alan Ayckbourns Time and Time Again

nämlich nicht nur „Pop-Musik machen", sondern auch „platzen".

Wie andere Komikhelden bekamen auch die Schlümpfe mit ihrem ewigen Kampf gegen den bösen Zauberer Gargamel eine eigene TV-Serie, die sich weltweit größter Beliebtheit bei Jung und Alt erfreute.

BÜHNENZWERGE

Das „kleine Volk", das wir als die Ahnen der modernen Gartenzwerge ansehen dürfen, erlebte sein Bühnendebüt auf englischen Brettern des elisabethanischen Zeitalters, als in John Lylys Stück *Endimion* 1591 kurz ein paar Zwerge auf die Bühne kamen, um einen der anderen Charaktere zur Strafe grün und blau zu zwicken. Als Schauspieler, so vermutet man, fungierten damals die kleinsten der Knaben aus dem Schulchor von St. Paul's Cathedral.

Ein Weihnachtsmusical für die ganze Familie mit dem Titel *The Ideal Gnome Exhibition* von David Wood kam in den 90er Jahren zur

Tourneeaufführung in Großbritannien. Zur Geschichte gehören auch zwei Gartenzwerge, Mr. Fisher und Mr. Wheeler, die sich auf eine spannende Abenteuertour begeben, während ihr Besitzer in Urlaub ist. Unübertrefflich die Komödie *Time and Time Again* des 1939 geborenen Dramatikers Alan Ayckbourne, in der eine der auftretenden Personen einen Hang zu langen Unterhaltungen mit einem etwas merkwürdigen Gartenzwerg hat.

Für kleinwüchsige Menschen war früher die Karriere beim Zirkus, im Varietee, in billigen Schaubuden auf den Jahrmärkten oft die einzige Möglichkeit, Lebensunterhalt zu verdienen. In dem Stück *Der böse Geist Lumpazivagabundus oder Das liederliche Kleeblatt* des österreichischen Autors Johann Nepomuk Nestroy, das er selbst eine Zauberposse mit Gesang nennt und das in einem Feenreich spielt, traten in den Rollen des liederlichen Kleeblatts, also des Tischlers Leim, des Schneiders Zwirn und des Schusters Knieriem um 1855 die drei kleinwüchsigen Schauspieler Jean Piccolo, Jean Petit und Kis Jozi auf. Sie reisten durch die Lande und suchten sich jeweils vor Ort eine Theatertruppe, mit der sie das Stück aufführten.

LINKS
Neben Victor Meldrew und seiner lange leidenden Frau hatte die Zwergenschaft eine Hauptrolle in der Serie One Foot in the Grave (Mit einem Fuß im Grab)

UNTEN
Diese merkwürdige Kreatur sorgte mit ihren Kumpanen in der Serie Gremlins für gehöriges Durcheinander

UNSINN IM SINN

Die den Zwergen nachgesagten Eigenarten, gern zu Neckerei aufgelegt zu sein, wird gelegentlich auch für Zeitungsschlagzeilen ausgeschlachtet. Als in den 60er Jahren Schweizer Banken die britische Regierung angeblich in nicht geringe finanzielle Schwierigkeiten brachten, da tauchte in einer englischen Zeitung die Bezeichnung „die Gnome von Zürich" auf und 1964 bezog sich ein Artikel im *New Statesman* darauf und schrieb über „die Gnome von Zürich und die ihnen verwandten Kobolde in den politisch engagierteren Hauptstädten".

Diese verwandten Kobolde mögen auch jene kleinen Poltergeister einschließen, die ein Beispiel sind für den uralten, tiefverwurzelten Glauben, dass unerklärliche Missgeschicke, Pech und Unglück auf die Aktivitäten dieser Geistwesen zurückzuführen sind. Angeblich waren es immer ungesehen bleibende, arglistige, gnomartige, von den Engländern Gremlins genannte Geister, die im Zweiten Weltkrieg dafür sorgten, dass mit den Flugzeugen immer wieder etwas schief ging. Erfunden, oder erstmals erkannt, wurden die Gremlins von den Marinefliegern des Ersten Weltkriegs; ihr Name Gremlin rührte daher, dass es sich nach Aussage der Soldaten um die Kobolde oder Gnome handelte, die aus den Gremlin-Bierflaschen schlüpften. Einem 1943 im *Spectator* erschienenen Artikel zufolge sind Gremlins kleine, etwa 30 cm große, in rote Jacken und grüne Kniebundhosen gekleidete Wesen. Sie haben keine Flügel und können deshalb genau wie Menschen nur als Passagiere mitfliegen. William Shatner (der später als Captain Kirk in der Serie *Raumschiff Enterprise* berühmt wurde) spielte zu Beginn seiner Karriere in einer Folge der Serie *The Twilight Zone* einen Flugzeugpassagier, den ein bösartiges Wesen, das nichts anderes als ein Gremlin sein konnte, mit den Zerstörungen, die es am Flugzeug anrichtet, vor Angst schier um den Verstand bringt.

Heutzutage werden Gremlins für desaströse Fehlfunktionen bei Computern verantwortlich gemacht und britische Wissenschaftler haben merkwürdig geformten Lichterscheinungen, die hoch in der Atmosphäre auftreten und als riesige, nebulöse rote Blitze oder als glühende Karotten oder als „sowas wie Quallen mit blauen Tentakeln" beschrieben werden, den bezeichnenden und leicht einzuprägenden Namen *Red Elves* (rote Elfen) gegeben.

TRITT NIE MIT KINDERN UND HUNDEN AUF …

… oder mit Zwergen, könnte man die alte Schauspielerregel erweitern, denn diese drei spielen angeblich jeden gestandenen Schauspieler glatt an die Wand. Ob es sich nun um Archetypen handelt oder nicht, Zwerge, Kobolde und Co. tauchen in der Welt der modernen Unterhaltung mit ziemlicher Regelmäßigkeit auf. Längst haben sie Eingang gefunden in beliebte britische Fernsehprogramme, etwa in *Coronation Street*, *Fawlty Towers* und *One Foot in the Grave*. Bis zu seinem vorzeitigen Abgang aus *The Street*, 1997, hielt der von Peter Baldwin dargestellte Derek Wilton als zwergenbesessener Charakter die Nation mit den Eigenheiten seines geliebten Zwerges Arthur in Atem, Kumpan von Quenevere. Nachdem er grausam aus dem von Derek und seiner Frau Mavis (gespielt von Thelma Barlow) gehegten Garten gekidnappt worden war, gingen mysteriöse Postkarten, zufällige Neuigkeiten und regelmäßige Geschenkpäckchen ein und zahllose Nachbarn wurden in der folgenden Zeit als Täter verdächtigt.

Während der 60er Jahre gab es ein halbes Dutzend Folgen einer TV-Serie mit dem Titel *The Gnomes of Dulwich*, in denen Terry Scott und Hugh Lloyd zwei Gartenzwerge aus Zement spielten, die sich über die Eigenheiten der Menschen ausließen (die nicht auftraten), während sie eine snobistische Rivalität mit den Plastikzwergen der Nachbarn pflegten.

ANIMIERTE POSSEN

Inzwischen hatte man jenseits des Atlantiks J.M. Barries Formel benutzt und in den Walt Disney Studios aus einer Mischung von Fantasie, Sentimentalität, Ulk und einem Schuss Grauen eine potente Mixtur gebraut. Das Ergebnis war der Zeichentrickfilm *Schneewittchen und die Sieben Zwerge*. Der zu Weihnachten 1937 in Los Angeles fertig gestellte Film sollte einer der Klassiker unter den Kinderfilmen des 20. Jahrhunderts werden. Es war

RECHTS
Der Manager des Fußballclubs Chelsea, Ruud Gullit, als Gartenzwerg

UNTEN
Im Film Die unendliche Geschichte nach dem Buch von Michael Ende kommt neben dem jungen Helden Atréju der Zwerg Engywook vor

UNTEN
Im britischen Kinderfernsehprogramm Chish 'n Fips treten zwei Gartenzwerge auf

der erste amerikanische Zeichentrickfilm in voller Spielfilmlänge. Das Projekt warf enorme Probleme in der Herstellung von Zeichentrickfilmen auf, für die bahnbrechende Lösungen gesucht werden mussten und auch gefunden wurden. Zuletzt waren mehr als 750 Mitarbeiter an dem Streifen beschäftigt. Zwei Millionen Einzelzeichnungen waren für die Spieldauer von 83 Minuten nötig, von den verworfenen Entwürfen ganz zu schweigen. Nicht weniger als acht Autoren arbeiteten am Skript, wobei das Märchen der Brüder Grimm die Vorlage bildete. Ganz Hollywood war überzeugt, dass „Disneys Wahn" nur ein riesenhafter Misserfolg werden könne, doch obwohl sich die Gesamtkosten zum Schluss auf mehr als 1,5 Millionen Dollar beliefen – für jene Zeit eine enorme Summe – spielte der Film auf Anhieb 8 Millionen Dollar ein und wirft noch heute, 62 Jahre nach Fertigstellung, Profit ab.

Von Anfang an hatte Walt Disney festgelegt, dass die sieben Zwerge identifizierbare, ganz unterschiedliche Charaktere darstellen sollten, deren Grundzug durch den Namen erkennbar sein müsse. Es wurden viele Namen gewählt und wieder verworfen, schließlich einigte man sich auf Doc, Sleepy, Sneezy, Grumpy, Happy, Bashful und Dopey. Disney hatte gehofft, auch Arthur Rackham als Zeichner zu gewinnen, leider gelang es aber nicht. Doch auch ohne Rackhams Mitarbeit gab es ein paar sehr gruselige und Angst erzeugende Szenen im Film, von denen manche meinten, man könne sie Kindern unmöglich zumuten. Disney erhielt Hunderte von Protestbriefen und in England durften nur Jugendliche über 16 Jahre den Film besuchen. Letztlich aber kam doch das verdiente Lob aus Hollywood: 1939 überreichte der Kinderstar Shirley Temple Walt Disney einen großen und sieben kleine Oscars für seinen Schneewittchen-Film.

Die Diamantenmine der Zwerge, die in den Abenteuern des Films eine Rolle spielt, wurde im kalifornischen Disneyland nachgebaut und heute kann man die Zwerge zusammen mit den anderen berühmten und beliebten Charakteren in *Disneyworld* in Florida fröhlich bei der Arbeit sehen. Auch in *Disneyland* in Paris sind *Blanche-Neige et les Sept Nains* eine der großen Attraktionen und im *Märchenwald* von Efteling in Holland sieht man sieben traurige Zwerge

Oben
Die junge Petula Clark und Tommy Steele als Leprechaun in dem Film Finian's Rainbow

Oben
Oliver „Ollie" Hardy, auch als „Dick" bekannt, als Gartenfigur in Stein

um den Glassarg des totgeglaubten Schneewittchen vesammelt.

FILMZAUBER

Die Rechte zur Trickverfilmung von *Peter Pan* erwarb Disney 1939, doch der Film kam erst 1953 heraus, nachdem verschiedene Versionen als Broadwaymusical aufgeführt worden waren, darunter auch eine mit ein paar Musikeinlagen von Leonard Bernstein. Eine bemerkenswerte Musicalversion mit Mary Martin in der Rolle des Peter Pan kam 1954 zur Aufführung und 1976 gab es eine Adaptierung fürs Fernsehen mit Mia Farrow und Danny Kaye.

Im Zuge dieser Erfolge kam 1947 das Broadwaymusical *Finian's Rainbow* auf die Bühne, ein Stück über einen irischen Leprechaun, der nach Amerika geht, um dort einen gestohlenen Goldkrug wiederzufinden. Bing Crosby nahm den Song *How Are Things in Glocca Morra?* auf und 1968 kam eine Filmversion mit Fred Astaire und Petula Clark heraus, in der Tommy Steele den Leprechaun spielte.

1956 hatte es eine deutsche Verfilmung der grimmschen Originalversion des Märchens Schneewittchen und die Sieben Zwerge gegeben, in der Elke Arendt das Schneewittchen verkörperte.

VERGANGENHEIT, GEGENWART UND ZUKUNFT

Während viele der Werke, in denen Zwerge und Gnome eine Rolle spielen, einen eher ernsten Charakter haben, machte der Autor Terry Pratchett es sich zur Aufgabe, alle Feenlandtraditionen mit einem humorvollen Akzent zu versehen. Seine *Discworld* ist die Heimat einer wilden Bande von Göttern, Zauberern, Hexen, Druiden, Dämonen, Walküren, Drachen, Vampiren, Geistern, Gespenstern, Feenvolk und übernatürlichen Wesen, und auch der Tod fehlt nicht. Das erste der Discworld-Bücher, *The Colour of Magic*, kam 1983 heraus.

Völlig unabhängig davon entwickelte Pratchett auch die Nomes, winzige, nur zehn Zentimeter große, menschengleiche Wesen mit langen spitzen Ohren, die auf unserer Erde leben, seit ihr Raumschiff hier vor 15 000 Jahren eine Bruchlandung machte. Da es ihnen nicht gelang, wieder von hier zu entkommen, gibt es viel über sie zu berichten. Eine Fernsehserie über ihre Abenteuer läuft in Großbritannien seit 1992.

Zwergenwissen
Zu den Zwergennamen, die Walt Disneys Mitarbeiter ihm für seinen Schneewittchen-Film vorschlugen, gehörten auch: Weepy, Thrifty, Gaspy, Awful und Dirty.

LINKS
Die Anführer von Terry Pratchetts Nomes in der Serie Truckers sind Maskin und das Mädchen Grimma

UNTEN
Stan Laurel, genannt „Doof", hat keine Sorgen – er wird fern von Ollie Urlaub machen

WENN DIE MÜTZE PASST

Da immer öfter Wichtelmänner und Zwerge in den Medien aufkreuzten, bahnten sie sich langsam einen Weg in das Unterbewusstsein sehr vieler Menschen. Einer der besten Wege, sich darin festzusetzen ist bekanntlich der über die Werbung.

Es mag an ihrem Image als gutartige, hilfsbereite Haus- und Gartengeister gelegen haben, dass plötzlich zahllose Werbekampagnen den Gartenzwerg für sich entdeckten. Auf Postern und Plakaten tauchten sie auf, als Anstecker, in Zeitungsanzeigen und neuerdings natürlich auch in der TV-Werbung.

RECHTS & UNTEN
Lachende Zwerge zeigten die Reinigungskraft von Schuhcreme, Bohnerwachs und einem Metallputzmittel; hingegen wirbt ein englischer Riesenzwerg für eine Versicherung – erfolgreich?

UNTEN
Zwerge machen Reklame für ein aktiveres Leben

Der Wegweiser zu den Zwergen

DER WEGWEISER ZU DEN ZWERGEN

Im Folgenden finden Sie eine Liste mit Adressen, über die Sie Gartenzwerge beziehen können. Nicht aufgenommen sind die Adressen einzelner Baumärkte oder Gartencenter, in denen die lieben Zwerge nur während der Gartensaison (vielleicht auch noch im Herbst) erhältlich sind. Im Frühjahr und im Sommer werden Sie jedoch auf jeden Fall in Märkten wie Hagebau, OBI oder Praktiker fündig. Da unsere Gartengesellen nicht in jedem Markt mit gleichem Enthusiasmus angeboten werden, lohnt sich immer eine Nachfrage, wenn sie nicht direkt ins Auge springen.

Für Urlauber sind noch einige besondere Adressen im Ausland aufgelistet. Die Zwergenparks führen meistens auch einen Laden, in dem Sie sich mit Gartenzwergen versorgen können. Die aufgeführten Informationen waren zum Zeitpunkt der Drucklegung korrekt, trotzdem wird empfohlen, vor einem Besuch mit der betreffenden Einrichtung zu telefonieren – vor allem, wenn man einen längeren Anfahrtsweg hat!

Liebermann Gustav Spielwarenfabrik
Ketschenbacher Straße 165
96465 Neustadt
Tel.: 0 95 68/21 93

Liebermann Gustav ist der zur Zeit größte Hersteller von Gartenzwergen. Er begann in den 60er Jahren mit der Produktion von Gartenzwergen aus Plastik und stellt heute etwa 200 verschiedene Zwergenmodelle her, darunter wahre Riesenzwerge mit einer Größe von einem Meter. Es gibt leider keine Führungen, doch Besucher können ein kleines Kontingent an Gartenzwergen beziehen.

Die Spielwarenfabrik liegt 15 Kilometer von Coburg entfernt in Neustadt im Ortsteil Ketschenbach. Sie ist durch Wegweiser leicht zu finden.

Philipp Griebel GmbH
Ohrdrufer Straße 1
99330 Gräfenroda
Tel.: 03 62 05/7 64 70

Direkt bei der Fabrik gibt es ein Museum. Die Möglichkeit, Fragen über die Fertigungsweise von Zwergen zu stellen, ist gegeben. Homepage siehe Seite 125.

Gartenzwerge Jörg Diebel
Mühlengasse 5
36304 Alsfeld
Tel.: 0 66 39/91 91 51

Gartenzwerge A. Mauerhofer
Langnaustraße 33
3532 Zäziwil
Schweiz
Tel.: 00 41/31-7 11 04 49

Hofmann Kunststoffverarbeitung GmbH
Lumplgraben 53
4463 Großraming
Österreich
Tel.: 00 43/72 54-7 47 40

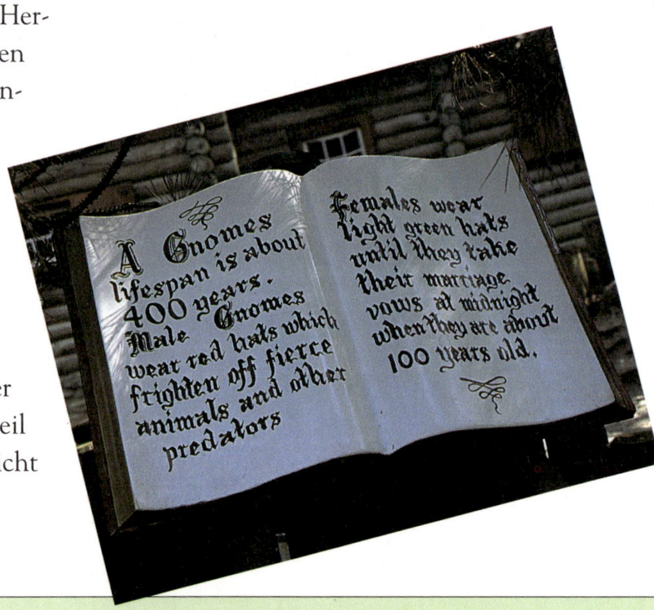

Gnome Reserve
West Putford, nahe Bradworthy
North Devon EX22 7XE
England
Tel.: 00 44/14 09-24 14 35

Das Gnome Reserve ist die bekannteste Zwergenattraktion Englands. Im Park gibt es eine große Produktionswerkstatt von Gartenzwergen, die im dazugehörenden Geschäft verkauft werden. Siehe auch die Seiten 96–99.

Gnome World
Moorland Road
Indian Queens
Cornwall TR9 6HN
England
Tel.: 00 44/17 26-86 08 12

Zementzwerge, Tierfiguren, Vogelbäder – alles, was das Herz des Zwergengärtners wünscht, gibt es in diesem Geschäft, das eher einer riesigen Gartenzwerg-Ausstellung gleicht. Wegbeschreibung siehe Seite 100.

Pixieland (Garden Ornaments)
Dartmeet, nahe Princetown
South Devon PL20 6SG
England
Tel.: 00 44/13 64-63 14 12

Pixieland produziert seit den 40er Jahren dieses Jahrhunderts seine eigenen Zementzwerge, und neben den etwa 75 aktuellen Modellen ist es möglich, individuelle Fußball-Gartenzwerge zu ordern: die Vereinsfarben werden auf Wunsch aufgetragen. Das eigentliche Programm umfasst neben den Zwergen eine Vielzahl an Pilz- und Tierfiguren, Vogelbäder, Brücken und Wunschbrunnen, Kupfer-Anhänger, Porzellan und sogar Schafs- und Ziegenlederteppiche. Siehe auch Seite 102.

Watermouth Castle
Zwischen Ilfracombe und Combe Martin, an der A399
North Devon EX34 9SL, England
Tel.: 00 44/12 71-86 74 74

Liebenswertes Familien-Wunderland für jedes Wetter. In zahlreichen Gärten, die verschiedenen Landschaften nachgebildet sind, taucht man ein in die Fantasiewelt farbiger Wasserfälle, spukender Verliese und lebender Märchenlegenden. Nostalgische Bauten machen die Illusion perfekt. Wie im angeschlossenen Gnomeland gibt es einen Zauberweg. Die riesige Rutsche macht den Besuch zu einem ganz besonderen Vergnügen. Siehe Seite 103.

B and A Whelan Ltd.
52 High Street
Blue Town, Sheerness
Kent, England
Tel.: 00 44/17 95-66 38 79

Der größte Hersteller von Zementzwergen und Gartenschmuck in Großbritannien. Tausende von Gartenzwergen stehen in Reih' und Glied auf den Ausstellungsgesimsen. Man folgt den Hinweisschildern nach Sheerness Docks und biegt ab in die Chapel Street.

Zwerge im Internet

Auch das Netz ist vor den Zwergen nicht mehr sicher. Zipfel sei Dank! Was diese Wichtel dort manchmal anstellen, ist wirklich sehenswert. Eine kleine Liste mit Homepages gibt einen ersten Eindruck von der Vielfalt der Zwerge im Internet. Die Adressen sind auf dem Stand von Dezember 1998.

Es lohnt sich, in Suchmaschinen wie hotbot oder Yahoo mit den Stichworten Gartenzwerg und Gnome zu recherchieren.

http://www.german-store.com/Gartenzwerge/Gartenzwerge.htm
Ein Versand, der typisch deutsche Waren führt. Eigentlich für Touristen gedacht, aber der Zwergenliebhaber wird hier ebenfalls fündig.

http://www.germany-service.com/gnome/index.htm
Viele Informationen über Gartenzwerge und andere Gnome.

http://www.lust-auf.ch/10/be/35/gartenzwerge.htm
Die Homepage des Zwergenhandels A. Mauerhofer in Zäziwil. Adresse siehe Seite 124.

http://www.informatik.uni-oldenburg.de/~goody/zwerg.html
Die Homepage von Zwergenaktivisten der Uni Oldenburg, die „die Wahrheit über die Gartenzwerge“ versprechen.

http://www.gastro-freizeit.de/thuering/06496.htm
Die offizielle Homepage der Philipp Griebel GmbH in Gräfenroda. Adresse siehe Seite 124.

http://www.blarney-stone.com/
Verkauf von irisch-stämmigen Gnomen, Elfen, Leprechauns und Pixies. Für alle Liebhaber des traditionellen Zwergenkultes.

REGISTER

Die **dick gedruckten** Seitenzahlen verweisen auf ausführlichere Informationen.

DANKSAGUNG

Die Automobile Association dankt den nachfolgend genannten Bibliotheken, Fotografen und Organisationen für ihre Hilfe bei der Zusammenstellung des Buches:

AKG LONDON 10b, 13b, 26a, 26b, 36a, 36b, 36c, 116b
AMORET TANNER COLLECTION 68d, 68e
R M BALDIN 44b, 93a
BBC WORLDWIDE PUBLISHING 118b
THE BRIDGEMAN ART LIBRARY, LONDON 11b Thor: Der nordische Gott fischt vom Boot des Riesen Ymir aus nach der Schlange Midgard (Manuskript) (Königliche Bibliothek, Kopenhagen); 19a „The Goblins" aus ‚Peter Pan in Kensington Gardens' von J.M. Barrie, 1906 von Arthur Rackham (1867–1939); 22b ‚The Feast' (eine Illustration aus dem frühen 20. Jh.); 35b Königin Henrietta Maria und ihr Hofzwerg Sir Jeffrey Hudson, um 1633 von Sir Anthony van Dyck (1599–1641); 110a Der Streit zwischen Oberon und Titania, 1849 von Sir Joseph Noel Paton (1821–1901); 114c „Die Rheintöchter necken Alberich" aus ‚Das Rheingold und die Walküren' von Richard Wagner, 1910 von Arthur Rackham (1867–1939); 116c aus der engl. Ausgabe von „Siegfried und die Götterdämmerung" von Richard Wagner in der Übersetzung von Margaret Armour ‚The Wooing of Grunhilde, the mother of Hagen', 1911 von Arthur Rackham (1867–1939)
BRITSTOCK-IFA LTD 8a
CORBIS UK LTD 112a
SYLVIA CORDAIY PHOTO LIBRARY 20a
DEE CONWAY 110b, 115a
RICHARD DEAN 92
MICHAEL DIGGIN 21a, 23b, 24a, 60b
DAS DEUTSCHE GARTENZWERG MUSEUM 107d, 113a, 115a, 122b
MARY EVANS PICTURE LIBRARY 11a, 13a, 15a, 15b, 18a, 20b, 22a, 23d, 28b, 29a, 30a, 30c, 3la, 3lb, 40b, 90, 112c
EFTELING 12a, 27a, 104a, 104b, 105a, 105b
MATTHEW FEARN 119c
GAMMA MAGAZINE 91a, 91b
THE GARDEN PICTURE LIBRARY 2/3, 6a, 6b, 55b
GIRAUDON 24b
THE GNOME RESERVE 34a, 40a, 42, 46c, 61c, 96, 96/7, 97c, 98/9
THE RONALD GRANT ARCHIVE 119a, 119b
ROBERT HARDING PICTURE LIBRARY 39b
HEALTH EDUCATION AUTHORITY 122c
THE KOBAL COLLECTION 118a, 120b
LAMPORT HALL 38b
IRMI LONG 4, 6, 7b, 45a, 55d, 55f, 62a, 64d, 69, 86(1), (2), (3), (4), (5), 87, 87(6), (7), 111a, 124
TERRY MAJOR-BALL 66a
ENA McGINN 49a
'REPRINTED WITH THE KIND PERMISSION OF MILLERS PUBLICATIONS UK, TEL: 01580 76641' 46a/b, 60a, 62b, 63a, 67a, 67b, 114b, 115b, 116a
EDMUND NAGELE FRPS 16b
JENNY NYSTYROM (ELLASON) 16a
ROYAL HORTICULTURE SOCIETY 68a/b/c/f
MAY SCHWARZ 8c
SALISBURY PLAYHOUSE mit freundlicher Genehmigung 117b
SILVER LYNX 15c, 29b, 49c, 50a, 55c, 56a, 64c
SPECTRUM COLOUR LIBRARY 112b, 113b
HENRY SUNDERLAND 94b, 95a
THAMES TELEVISION 121a
SOUTH HILL PARK ARTS CENTRE, BRACKNELL mit freundlicher Genehmigung 117a
YORK ARCHAELOGICAL TRUST 32b

Alle übrigen Abbildungen stammen aus der eigenen Bibliothek der Automobile Association (AA Photo Library) und sind Arbeiten von:
M BIRKITT 38a, 39a, 94a
PAUL KENWARD 27b
ALEX KOUPRIANOF 52, 58/9 65b, 106a, 106b, 106c, 106d, 107a, 107b, 107c, 107e, 108a, 108b, 108c, 108d, 108e
ROGER MOSS 17b, 28a, 33, 36d, 37a, 37b, 41a, 41b, 44a, 47b, 51b, 53, 59, 61a, 63c, 63d, 63f, 64a, 64b, 89, 97a, 97b, 98a, 98b, 98c, 99a, 99b, 100a, 100b, 100/l, 101a,101b, 101c, 102a, 102b, 102c, 102d, 103a, 103b, 103c, 103d, 109, 124
CLIVE SAWYER 35a
RICK STRANGE 56b
WYN VOYSEY 7a, 46d, 49b, 92b, 93b, 93c, 93d

Illustrationen von ALAN ROE